SUEÑOS HÚMEDOS

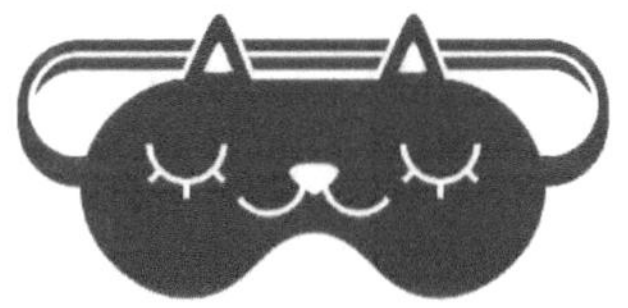

ERIC PALANIU

Contacto con el autor: melodagled@gmail.com

PRÓLOGO

El placer nos hará libre. No hay nada que reivindique más nuestro yo en el mundo, que el derecho a disfrutar de nuestro cuerpo cuando nos venga en gana. Sin dar explicaciones, sin vergüenza, sin reproches. Tú y tu mente. Tú y tus dedos. Tú y tus fantasías. Tú y tus sueños...

En este libro erótico, encontrarás varios relatos excitantes, fantasías y sueños. En algunos, te haré participe de ellos narrando en segunda persona; todo con la firme intención, de crear un abanico de sensaciones que hagan de tu lectura, un caleidoscopio lleno de matices y puntos de vista distintos, dónde la originalidad reine por encima de la credibilidad de los relatos. Te espera una experiencia llena de contenido y variedad, la mayoría con un tono y un lenguaje duro. Digamos que es para lectoras y lectores a los que les gusta vivir el sexo de una manera "divertida, atrevida y salvaje". Así que no busques argumentos sólidos ni credibilidad, solo disfruta de lo que estás leyendo y déjate llevar. Los sueños, sueños son. Y ahora, toca soñar. Toca evadirse.

Espero que disfrutes todas las historias expuestas y que me dejes reseña en Amazon; ya que es mi debut y quiero seguir escribiendo relatos ardientes para ti. Gracias por leerme.

Un abrazo de Eric Palaniu.

Sígueme en Instagram.

Contenido

El perfume de mis sueños

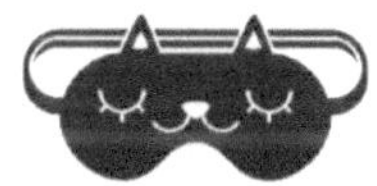

El reloj suena como cada mañana. Hoy no tengo ganas de ir a la Universidad. El pitido de la alarma me ha cortado en seco el sueño que estaba teniendo. Qué mala suerte. Era uno de esos de los que no te quieres despertar. Sexo desenfrenado. De hecho, tengo las braguitas muy mojadas. Normalmente, no recuerdo las caras en los sueños. Me acuesto con tíos buenorros, otros que son conocidos de mi entorno, e incluso con desconocidos. Pero de las caras nada. Están borrosas, aunque pueda recordar su identidad. Pero esta vez, ha ocurrido algo muy extraño: solo recuerdo la fragancia del chico sin rostro que me hacia el amor con pasión. Digamos que tengo su perfume metido en la nariz. Pero no todo queda ahí. Estoy agitando las sábanas y parece que mi sudor huele a él. Por un instante, pienso que es la colonia de Jaime, pero hace dos semanas que me acosté con él y ya he lavado las sábanas como cuatro veces. ¡Qué cosa más extraña! Entonces cierro los ojos. Esperando que el perfume me devuelva la imagen del chico que en postura de misionero me la metía al ritmo perfecto mientras me besaba. Pero ya no puedo volver a la escena. Ya me he desvelado. Entonces desisto y me levanto con el calentón. Me ducho. Me hubiera gustado tocarme, pero no ha podido ser. Me preparo el desayuno. Mientras doy sorbos lentos al zumo intento ponerle cara al apuesto caballero que me llevo a la cama.

Pero nada. No hay forma. Y por si suena extraño, parece que huelo su perfume de vez en cuando. Recojo el desayuno y me pongo unos leggings y un top. Hoy no pienso ir a la universidad, voy a ir al gimnasio para matar la mañana.

Tras caminar durante quince minutos, llego al gimnasio. Cruzo el torno automático y contemplo la sala. Apenas hay hombres, la mayoría son "mamis" que han dejado a sus hijos en el cole y que vienen en pandillas a luchar contra la flacidez de la edad. Todas ellas rodean a un tipo musculoso moreno y con varios tatuajes. Lleva chándal negro y camiseta de tirantes. Creo que se trata de un entrenador personal, pues nunca lo había visto por el gym. Llego al vestuario. Suelto el bolso con la ropa y tomo la toalla. Salgo fuera. Hoy me toca rutina de piernas y culo. No tengo muchas ganas, pero me siento en una de las máquinas y empiezo a cerrar y abrir las piernas. Cuando voy por la repetición número trece... me viene ese olor. Olfateo como una perra ese perfume inequívoco de mis sueños. No puede ser. Es el mismo que me lleva acompañando desde esta mañana. ¿Estoy alucinando? ¿Me estoy volviendo loca? De repente, una voz masculina y bronca me sobresalta.

–Lo estás haciendo mal. No dejes que tus rodillas choquen.

Cuando elevo la mirada, una gota de sudor me cae de la frente y justo se me mete en un ojo. Escuece. Apenas veo su rostro, pero su envergadura y sus tatuajes no dejan lugar a la duda: se trata del entrenador personal. Se acerca y apoya sus manos en mis rodillas. ¡Es él! Lleva ese perfume tan peculiar. Con la mirada emborronada por el sudor, le veo el rostro difuminado como en mis sueños. Entonces sonrío y me seco el sudor. Se presenta. Lucas. Le sonrío y me dice que es el nuevo monitor del gimnasio. No puedo evitar olfatear su pecho cuando se aproxima a mí. Se da cuenta y me hace una morisqueta. Cuando acabo en la máquina, me sincero para que me no me tome por una chalada y le cuento lo del sueño. Se ríe. Me pregunta si voy a ir a la clase de spinning. Le respondo que no. Y para mi sorpresa me dice que el parece genial. Que las maduritas van a spinning y que el gimnasio se queda deshabitado. No sé cómo tomármelo. No sé si me está insinuando algo o si soy yo, que ya estoy a mil. La chica que da las clases de spinning entra y advierte de que la clase va a ser intensa y que va a durar una hora. Como abejas que vuelven a la colmena, las mujeres se meten en la sala de las bicis y como me dijo Lucas, ahora estamos solos él y yo. Entonces se acerca. Con paso lento y comedido. Se apoya en la máquina y puedo ver sus ojos marrones y enormes. Me da vergüenza. Me corto y no puedo mirarlo. Me pongo tan nerviosa con su aroma, que suelto el brazo de la máquina y las placas de pesas golpean ruidosamente. No sé qué decir. Creo que se acerca demasiado y en vez de aprovecharlo, huyo.

—Voy a darme una ducha. He terminado.

Me voy hacia el vestuario. Abro mi mochila con cierto nerviosismo. Saco el gel y la toalla. Me voy a la ducha y abro el grifo. Jabono mi cuerpo pensando en la situación. Tengo calores. Y si no fuera un sitio público, me desahogaría. Pero si alguien entrar y me pillara, sería la pajillera del gimnasio, y paso, no es plan. Me seco con la toalla y en ese momento, oigo que alguien ha entrado en el vestuario. Seguro que alguna mami de última hora que llega tarde a la clase de spinning. Salgo de la zona húmeda y me dirijo a los bancos donde tengo mi bolso. No necesito llegar hasta donde está la recién llegada, para saber que no se trata de una mujer. Huele a perfume. Huele a él. A Lucas. Entonces, me asomo con cuidado tras las taquillas y compruebo que es él. Esta sentado justo al lado de mi bolsa de deporte. ¿Qué hace? Tiene un frasco de perfume entre sus manos. Me enrosco en la toalla. Y salgo.

—Perdona. Pero pensé que igual querías saber que perfume uso —me dice.

—No será que buscas otra cosa.

—Tienes razón —me dice y se levanta. Abre la cremallera de mi bolso y saca mis braguitas. Las perfuma con su pulverizador de *Dior Savage*–. Así, me recuerdas.

Me doy cuenta que quiere jugar. Yo tengo ganas, pero el lugar no es el más apropiado. Supongo que nos queda media hora de intimidad. Entonces me deslío de la toalla y me muestro desnuda. Le digo mordiéndome el labio y jugándomela.

–No. Así no te recordaré... –me giro y camino hacia la ducha–. Improvisa.

Lucas aparece desnudo en la ducha. También tiene ganas. Nos vamos a la última ducha. Cerramos la mampara y encendemos la ducha. Él me empieza a besar. Su perfume del pecho se diluye con el agua. Toco su culo duro y prieto. Su miembro ya venía erecto desde el banco del vestuario. Besa muy bien y muy apasionado. Es pura testosterona. Me toma en brazos y yo me sujeto a la alcachofa de la ducha. El me sujeta las piernas y me penetra. La escena se va pareciendo a la de mi sueño. El agua me hace verlo turbio, así que cierro los ojos y me dejo llevar. Voy a romper los azulejos con la espalda. Apago el grifo. Y me giro. Me pongo de espaldas a él. Ahora noto su pubis arremetiendo contra mis nalgas. Su polla entra bien profunda. Mis dedos se atenazan contra la pared. Me susurra al oído que me desea. Huelo su perfume. Noto su aliento como hierve. De pronto se detiene. Abre la puerta. Y me lleva hacia fuera. Tengo miedo por si alguien nos ve. No hay nadie. Solo el reflejo de nosotros dos en los espejos de cuerpo entero. Me tumba sobre el banco de madera. Retira el bolso. Separa mis piernas y me la mete en postura de misionero. Estoy a punto de caramelo. Apunto de llegar al orgasmo.

—¡Córrete, que estoy a punto de correrme yo! —me avisa.

Eso me pone tan cachonda, que llego al clímax.

—Mmm...

Él, la saca de mi coño a lo justo y eyacula sobre mi clítoris. La cantidad de semen me abruma. Es un semental. Entre risas vuelvo a la ducha. Lucas no me sigue. Supongo que se está vistiendo antes de que lo pillen allí. Me doy otra ducha. No llevo la toalla. Salgo intentando no resbalarme. Llego al bolso y saco las braguitas. Me seco. Y cuando voy a sacar la ropa seca, encuentro el frasco oscuro de su perfume entre mis cosas. Además, me ha dejado un horario con las clases de spinning mañaneras.

Y entonces sé que quiere repetir.

Sé que ha sido un sueño premonitorio.

Y sé, que este año, voy a ir poco a la Universidad.

Me esperan muchos encuentros con el hombre perfumado de mis sueños.

Día de asuntos propios

Tener hijos, curro y un marido que se pasa todo el día fuera trabajando, me hace sentir que no merezco tener tiempo libre. Digamos que me absorben mi día a día como si yo fuese una esclava doméstica de todos ellos; y en ocasiones, me planteo que estoy viviendo una vida que no me corresponde. Cuando no pongo lavadoras, tengo que cocinar; cuando no hay que barrer, tengo que hacer las camas; cuando no barro el suelo, tengo que fregar los platos... Igual es culpa mía, igual es por mi nivel de auto exigencia, de que nadie puede hacer las cosas tan bien como yo. Quizá, la solución sería una chica que nos haga la casa al menos dos veces en semana, pero como las cosas nos van tan mal en lo económico, yo he decido hacerme cargo de todo. Y esa responsabilidad, me hace estar a disgusto. Y me deprimo cuando pienso en lo poco que me parezco de la persona adulta que un día quise ser.

Pero una cosa lleva a la otra. Y llega un día en que buscas evadirte de tu realidad. No hace mucho, aprendí a sacar ratitos para mí y a disfrutar de los pocos placeres que me quedan como mujer al borde de un ataque de nervios: mi sexo. Sí, no tuve que hacer un viaje ni ir a un spa, en mi cuerpo encontré la válvula de escape... y hoy, es uno de esos días en los que me toca tocarme, valga la redundancia. Mi marido no lo sabe, pero he solicitado día de asuntos propios en el trabajo. Ahora la casa es toda para mí:

setenta y dos metros de paz y sosiego. Y todo un cuerpo para explorar.

A trompicones despierto a mis niños, les pongo el desayuno y los acompaño hasta el cole. Saludo a las madres que me caen bien, miro a los padres que me gustan. El más buenorro es el delegado de clase y hoy, tengo que pagarle la cuota del AMPA. Se llama Roberto y es policía local. Tendrá unos treinta y siete años; y está divorciado desde hace dos. Me he puesto tan nerviosa al tenerlo tan cerca, que creo que le pagado de más, o talvez de menos. No sé. Incluso diría que he huido de su mirada felina. Camino de vuelta a mi piso. Me paro en el bar de debajo de la urbanización a tomarme un café, saco el móvil y ojeo las noticias. Cuando voy a pagar, me doy cuenta de que he perdido la cartera. «Roberto tiene la culpa, con esos bíceps y esos labios tan gruesos». Hago un Bizum. Vuelvo sobre mis pasos y ni rastro de la cartera. El portero del colegio no la ha visto; nadie la ha devuelto. No es que tuviera mucho dinero, pero la pereza de sacar de nuevo el carnet de identidad y la tarjeta sanitaria me ponen de mala leche. Bloqueo la tarjeta de crédito desde el teléfono móvil. Entro en casa y cierro con llaves. El silencio a esta hora parece sepulcral. No hay vecinos, ni niños pegando voces. Entonces me olvido del disgusto y lo cambio por gusto. Comienzo con el ritual. Primero levanto la persiana de mi habitación y cierro el visillo, para tener intimidad, pero también luz; luego me quito la ropa, toda, y me quedo descalza sobre el suelo de terrazo. Sacó del cajón de la mesita de noche un trajecito lencero con transparencias y encaje, pero no me lo pongo todavía, lo dejo sobre la cama junto al liguero. Del baño tomo un bote de body milk, huele a coco. Me planto desnuda frente al espejo de cuerpo entero del armario y comienzo a untarme con delicadeza, la crema hidratante. Me gusta ver mi reflejo, me gusta sentir la yema de mis dedos sobre la piel. De momento empiezo por los tobillos y subo a los muslos. Subo y bajo con un suave masaje, sin flexionar las rodillas. Cuando asciendo, procuro no tocar mis labios, ni el clítoris. Noto unas ganas inmensas por poner fin a este calentón, pero todavía no me ha venido su imagen a la mente. Pronuncio su nombre. Y lo visualizo. Está aquí y cierro los ojos. Se trata de Roberto, el papá del cole que vi en la puerta dejando a sus dos traviesos gemelos. Y pienso que ha venido tras mí, que he dejado la puerta abierta y se ha colado en mi habitación. Ya lo noto. Siento su aliento tras mi nuca y sus manos me toman, viene uniformado de policía. Me pellizco con suavidad los pezones creyendo que él está aquí. Sacudo mis pechos de arriba abajo y lo intercalo con círculos lentos. La piel se me pone de gallina. Tomo más body milk y bajo hacia el abdomen. Sorteo el ombligo y me toco alrededor del clítoris, pero sin acariciarlo. Estoy deseando, pero esto son solo los preliminares. Abro los ojos y doy un par de pasos hacia la cama. Me pongo el vestido sexy. Es de color morado. Es de una pieza, pero lo compone una falda con dos elásticos que van hacia el culo en forma de tanga. Me lo compró mi marido hace años, y le doy más uso sola que con él. Vuelvo frente al espejo. Me doy la vuelta y me pongo de nalgas al reflejo. Separo las piernas y me agacho un poco. Me gusta ver mi vulva desde atrás. Me gusta ver mis labios unidos para luego abrirlos. Con ayuda de mis dedos, separo mis nalgas para ver el orificio. Fantaseo con tener sexo anal, pero nunca me atrevo. Luego miro el reflejo mordiéndome el labio como si la mujer que se dibuja fuese una desconocida. Me doy una palmadita y me giro. Ahora sí, comienzo a tocarme el clítoris por encima del encaje. El tacto es sedoso y sutil. Empiezo a mojarme los muslos. Mis pezones se ponen duros bajo la tela, puedo verlos entre los huecos transparentes. Me recojo el pelo en una gomilla. Alzo una pierna y contemplo mi sexo. Meto un dedo, luego dos, tres... y luego los llevo a mi boca. Me gusta probarme. Luego vuelvo a meterlos en ese orden. Uno, dos, tres... y cuatro. Entonces comienzo a moverlos. Suenan los fluidos al son del placentero gesto. Mi boca sabe a mí. Mi coño se pone muy muy cachondo, me pide más velocidad. Un calor se revuelve en mis ovarios, como una enredadera que hierve. El orgasmo está cerca. Contemplo el reflejo y pienso que Roberto está lamiendo mi clítoris mientras me toco. Noto como el orgasmo crece dentro de mí, gimo y muevo los dedos con rapidez. «¡Roberto!», se me escapa mientras mis dedos se empapan de fluidos. «¡Mmmmm!». Termino. Me quedo fija mirando al espejo, con una sonrisa y sudor en la frente. Y me despido de mí misma, deseosa de disfrutar mi próximo día de asuntos propios. En ese mismo momento, suena el timbre. «Seguro que es el inoportuno cartero. O igual mi marido que ha vuelto a por algo», pienso. Con la respiración aún cortada, camino hacia la mirilla de la puerta y entonces, es cuando mi corazón se dispara de nuevo, como segundos antes del orgasmo. No me lo puedo creer, es él. Rubio con los ojos azules y esos dos hoyuelos en sus mejillas. Vestido de policía y con mi cartera entre sus dedos. No me las pienso. Abro la puerta y me mira de arriba abajo. Lo llevo para adentro y comienzo a desabrocharle la camisa.

Y doy las gracias al destino, pues en ocasiones... los sueños se cumplen.

Sobre el capó en un garaje público

El chico te tumba sobre el capó de su coche: un Jaguar negro. Notas como el motor desprende calor tras haber pilotado por la ciudad a toda velocidad. Pero no te importa, estás tan ilusionada con la situación, que te centras en sus labios. Con la fuerza de sus manos, te rompe la camiseta por la zona del escote y comienza a comerte el cuello. Estáis en un garaje público. Los coches pasan por vuestro lado, pero nadie se detiene. Notas esa adrenalina de estar haciéndolo en un lugar sin intimidad. El chico sigue besándote, desciende sin retirar los labios de la piel, en dirección a los pechos. Te los lame mirándote a los ojos, se recrea en lo pezones. «¡Menudo canalla!». Notas sus dientes que mordisquean suave y lento. Lo justo para que no duela y dé placer. Es parte de la apuesta que perdiste. No puedes tocarle. Eres su objeto. Él tiene que hacértelo todo. El chico te sigue besando y baja hacia el ombligo. Su lengua deja un rastro de saliva. La oscuridad en aquel parking subterráneo apenas deja luz para los detalles, solo se perciben algo cuando los focos de los coches pasan reduciendo la marcha. Notas el calor del motor en la espalda y las nalgas. Notas el ardor de su aliento cerca del pubis. Te sube la minifalda y expone tu sexo frente a su boca. Te separa las piernas y desliza el tanga a un lado. Lame, lame, lame como un gatito un cuenco de leche. Estás a punto de llegar al clímax. Un guardia de seguridad se aproxima, da voces. Esto te pone cachonda. No quieres que te pille en esa guisa. Le agarras del pelo y lo aprietas contra tu clítoris. El chico mueve la sinhueso con destreza. Llega el orgasmo. El joven recoge la miel de tu sexo con su lengua. Te agarra por las axilas y te baja del capó a pulso. Abre el coche y os montáis. Salís acelerando del garaje público, bajo la mirada insólita del guardia de seguridad; no da crédito a lo sucedido. Ha sido divertido. No sabes cuándo tocará perder de nuevo en una apuesta, pero piensas dejarte ganar, para repetir una nueva experiencia que sumar a tu lista de orgasmos en lugares públicos e insospechados.

Blanco y negro

Braguitas blancas y sujetador del mismo tono. Así estoy vestida y sentada en una silla donde espero a que me castigue. No puedo decir que lo salvaje no me ponga. Me excita mucho. Todo es consentido. Yo lo consiento. En este caso, Valerio, el hijo del capo de esta familia italiana, sabe qué hacer. Su mansión repleta de mármol blanco y muebles negros, va a ser mancillada. Todo signo de pureza será arrastrado hacia la oscuridad de mis deseos más profundos. El taburete donde estoy sentada es negro. Es como una partida de ajedrez donde la reina espera el jaque mate del rey.

Entonces llega. Descalzo, con una camiseta de algodón blanca y unos vaqueros remangados hasta los tobillos. Tiene veintiséis años. Dos tatuajes, uno en cada antebrazo: una calavera y un pavo real. La muerte y la vida. Además, lleva varias pulseras de cuero y acero. Pero lo que más me gusta, es que trae una cuerda de color negro para atarme. Yo llevo una cola alta y los labios de rojo carmín. Valerio se aproxima a mí y me pega su pantalón a la cara. No se baja la cremallera, me agarra de la cola y me tira hacia atrás, con el fin de que lo mire a sus ojos. Me hechiza su mirada penetrante. Se arrodilla y me planta un beso. Sus labios engullen literalmente a los míos. Me levanta sin dejarme casi respirar. Me sigue besando. Yo le agarro el culo. Él se separa de mí. Me coge del cuello, sin apretar, pero con firmeza, y me baja de nuevo al taburete. Me ata las manos atrás, luego la cuerda serpentea entre mis pechos y la anuda a la espalda. Noto en las muñecas presión. Ahora estoy a su merced y deseando complacerlo. Se aleja y se quita la camiseta. Tiene dos heridas de bala. Me ponen sus cicatrices. En su pecho el tatuaje de un lobo aullando a la luna. Está depilado. En ese juego de blanco y negro, enciende varias velitas dibujando una especie de círculo alrededor. Luego, prende una varita de sándalo. Hay humo y buen olor. No se ha perfumado, le gusta el olor de los fluidos corporales. Apaga las luces y estamos a solas. Me da con la mano abierta en la mejilla, suave, firme, dominante. Sonrío. No soy su puta, soy su amiga de juegos. Llevo años sirviendo a la familia en estos menesteres. Me divierte ser su juguete de perversión. Me pone que me humillen y que me den fuerte, pero siempre en la justa medida. Valerio es moreno, con la barbilla rajada y unos ojos muy oscuros. Negros como dos cuervos que esperan para devorar las entrañas de un cuerpo pálido y aún caliente como el mío. Tiene los brazos bien definidos y una argolla en un pezón que se transparente bajo su camiseta. Se acerca a mí con una sonrisa. Comienza a comerme el cuello. Se emplea con fuerza. Su lengua arde y se hunde en mi piel. Crea un surco que se borra. Se baja los pantalones a la altura de las rodillas. Lleva unos slips con elástico grueso en la cintura. Son de Armani y de color negro. Luego se comienza a bajarlos lentamente. Su pubis está depilado. Higienizado. Sin un solo vello. Sus oblicuos crean un camino hacia allí, hacia su miembro viril. Es grueso y no muy largo. Lo suficientemente ancho como para obligarme a abrir toda la boca. Saco la lengua y la espero. Pero el me la pone sobre el rostro, le gusta exhibirse. Todo lo contrario a su padre, que se salta todos los rituales y va a meterla como si no hubiera un mañana. Tras ver su glande sobre mi cara y percibir su agradable olor a jabón, la baja con la mano y la introduce entre mis labios. Su pene rozando mis dientes. Eso le pone. Entonces aprieto los labios y se la hago prisionera. Procuro que los dientes no entren en juego, que solo participen en un placentero roce. Entonces balancea su cadera de atrás adelante. Como si mi boca fuese mi coño. Noto sus testículos azotando mi barbilla. Quiero agarrarle el trasero, pero estoy atada. Lo escucho sollozar y eso me pone más. Es como un caballo después de una larga carrera. Entonces, me agarra de los cachetes y la saca lentamente. Un par de gotas de semen penden de su punta. Él las retira con sus dedos, amaga con meterlo en mi boca. Pero no le da tiempo, doy un lametazo y le limpio la yema de los dedos. Entonces se pone tras de mí. Está deseoso. Quiere acabar lo que empezó. Me levanta del taburete y me acerca a las velas. Y me susurra al oído.

–Te voy a dar duro. De espaldas. Quiero que gimas tan fuerte, que apagues las llamas de las velas. Pararé cuando nos quedemos totalmente a oscuras.

Me sujeta desde atrás por los antebrazos. Me baja las braguitas, tantea con los dedos mi coño y comienza a meterla acelerando el ritmo. Noto como me perfora. Noto como entra profunda y gruesa. Comienzo a gritar con euforia, se empiezan a apagar las velas. Me da un par de nalgadas y se arrodilla frente a mi clítoris. Lo lame de rodillas y yo veo sus ojos negros en la penumbra de la habitación. Estoy de nuevo cachondísima. Me lleva hacia otro grupo de velas y me tumba en el suelo. El mármol está frío pero su abdomen esculpido despide fuego. Tanto o más que las llamas. Gimo y me excedo. Esto es real. Puro placer. Le pido que no pare. Me duelen las muñecas y noto esa tensión de las cuerdas por todo el cuerpo. Contraigo las paredes de mi coño para darle más placer. Solo queda una vela. Me falla la voz. Me suelta las cuerdas y me pone de rodillas. Me pide que acabe, que lo lleve al final. Quiere irse sobre mis pechos. Con la mano lo masturbo mientras le digo:

—La última vela la vas a apagar tú. ¡Gime!

Valerio empieza a sollozar. Se retuerce de placer y llega al clímax. Su polla está tan gruesa como que casi no puedo cerrar el puño. Sufre dos pequeños espasmos y vocifera lleno de placer. Veo salir su semen. Su voz apaga la última vela. Veo el blanco que sale de su polla y luego, todo se vuelve negro.

El camping de la pasión

Mi amiga. Mi amiga no inventa nada bueno. Es una pilla de cuidado. Una granuja con la que me paso conviviendo día y noche; Verónica y yo somos compañeras de piso. Yo llegué de Alemania hace un año, de una relación tortuosa e insípida. En cuanto pisé suelo español, decidí que iba a recuperar el tiempo perdido. Pero esta vez me tiene sorprendida. Es mi cumpleaños y solo me ha dicho que me duche y que me lleve bikini, zapatillas y que me perfume. No sé qué se traerá entre manos, pero no creo que me lleve a un local liberal, ni a una fiesta privada. En el coche no suelta prenda. La hija de puta se queda en silencio y sonríe. Solo me asegura que voy a flipar. Tras una media hora conduciendo, se mete entre unos pinares. Parece un lugar remoto, lejano. Tras cinco minutos se puede leer un cartel gigante dónde pone: Camping Jardín del Edén.

—¿Dónde me has traído?

—Lo tendrás que disfrutar tú solita. Pero yo lo probé hace tiempo y no hay nada parecido.

Me bajo del coche y camino hasta la taquilla. Allí hay una chica muy guapa. Poli operada y con las uñas de gel. Ella también está en bikini. Me da un chupito de bienvenida y mi amiga Verónica se va. La recepcionista me lo explica todo:

—Hola. Bienvenida al camping Jardín del Edén. Diviértete bailando y tomando las copas que quieras. Conoce a los chicos y a las chicas, tienes hasta las doce de la noche.

—¿Y a esa hora qué ocurre?

—Pues que los chicos se van a sus tiendas de campaña y las chicas tenéis que ir a ciegas, entrando al azar en sus tiendas. El que te toque te tocó. Siempre puedes cambiar, pero si la tienda está ocupada por otra chica, no podrás entrar.

—¿Y cuántas chicas hay como yo?

—Dos.

—¿Y sí no me gusta ningún chico?

La mujer me hizo un gesto con la cara. Cuando miré hacia el lugar indicado, vi a un chico de rasgos árabes. Era guapísimo. Con el cabello rizado y el torso esculpido a cincel.

Llevaba un bañador de licra y se marcaba un paquete colosal. Me miró y sonrió.

—Ese es el más normalito... Hay cinco más.

No pude ocultar mi sonrisa. Aquello era como tener sexo a la carta. Esta vez Verónica lo había bordado. No sabía que existía lugares como este. Lugares dedicados al placer femenino. Y, además, le debía de haber costado un perraje.

—Pues voy a ver al resto de dioses —le respondí.

Entre pinos, caminé a una zona donde se encontraba la piscina y una especie de kiosco donde servían bebidas. El camarero tenía rasgos latinos y agitaba una coctelera haciendo alarde de sus bíceps. Su boca era perfecta: dientes blancos, labios gruesos y una lengua muy larga que sacaba para burlarse de una de las dos chicas que ocupaban la piscina; una delgadas y otra entrada en carnes. Ambas subidas a flotadores de flamenco y unicornio. Riendo con los chicos que le gastaban bromas. La recepcionista tenía razón, a cuál estaba más bueno. Había uno alto con melena a los hombros y ojos verdes, que parecía Thor, pero con diez años menos. Otro tenía cara de malote, repleto de tatuajes y más fuerte que el vinagre. Otro era chino, pero no un chino enclenque, más bien era una especie de samurái atractivo. Tenía los oblicuos muy definidos y dilatadores en las orejas. A bomba, se tiró un grandullón que parecía sacado de un ring de artes marciales mixtas. Tenía pulseras de cuero, pelo en el pecho y la cabeza rapada. Ya que me había mojado el bikini, di un salto y me colé en el agua. Me presenté y oí sus nombres en el mismo orden en que los visualicé. Para mi sorpresa usaban apodos y esos apodos hablaban de sus cualidades sexuales. Cunnilingus se llamaba el cubano que ponía las copas; Empotrador se llamaba el que parecía Thor; Superdotado el malote de los tatuajes; Bondage el asiático; y Salvaje el que era una mole de músculos. Luego, llegó el árabe, Josein, a este le llamaban Kamasutra. Yo era la única con nombre normal, Paz. No me quise poner otro nombre, si me iban a follar, que me llamasen por mi nombre.

Las chicas se llamaban Noelia y Angy. El ocaso cayó y las copas fueron vaciando más de una botella. En el reflejo del agua ya se divisaba la luna. Y con ello, llegó el momento de ir a la zona de acampada. No podía ocultar mi nerviosismo. La recepcionista se acercó a nosotros y nos explicó mientras los chicos se retiraban.

—Ahora, los seis hombres se van a meter cada uno en una tienda de campaña. Como ya habéis podido averiguar, vosotras elegís. Podéis no entrar en ninguna de las tiendas, entrar en una o en todas, siempre y cuando, no esté ocupada por otra chica. Justo en frente, hay un bungaló vacío, cuando ya queráis parar, podéis daros una ducha y acostaros en la cama. ¿Alguna pregunta?

Una de las chicas me sacó de dudas.

—No sabremos que chico hay en cada tienda de campaña, ¿verdad?

—De eso se trata. Es una experiencia divertida. Un juego de azar y pasión. Lo importante, es que cada uno con su habilidad os haga pasar un buen rato. Vamos, ¡la noche no es eterna!

La monitora nos llevó hasta la zona de acampada. En efecto había seis tiendas de campaña. En medio, una antorcha que iluminaba las entradas. Dentro de las tiendas se intuía algo de luz mediante lámparas a pilas. Y si me fijaba bien, podía ver las siluetas agitándose de aquellos varoniles hombres.

—¿Quién elige primera? ¿Lo echamos a pares y nones?

Las tres hicimos el sorteo y yo quedé la última. Mi preferencia era Kamasutra. Eso incluía muchas posturas. Las chicas se lanzaron a las tiendas de los extremos, dejándome las cuatro del centro para elegir. Cualquiera era un acierto seguro, porque los seis estaban buenísimos. Así que caminé a la que quedaba justo en el centro. Mi corazón se puso a latir con desenfreno. ¿Quién estaría dentro? Entonces, sumida en una mezcla de sensaciones que maridaba lo morboso con la incertidumbre, bajé la cremallera de la tienda. Un olor a perfume amaderado, escapó hacia fuera. Olía muy bien. Entonces me puse de rodillas y entre a gatas. Dentro de la tienda canadiense, estaba Cunnilingus, el cubano que ponía las copas, recostado y con unos calzoncillos de color azul marino. Vestía en su cara esa sonrisa pícara y seductora con la que te embrujaba con la rapidez de un parpadeo. Al verme en cuatro patas, me llamó con el dedo. Yo caminé como una gatita hacia su pecho definido. Sabía lo que iba a pasar y era lo que yo quería. El cubano, me giró con sutileza, poniendo la cabeza apuntando hacia la salida y mi culo hacia su boca. Me dio una palmada en la nalga y noté como con ese gesto, ya me activé al instante. Su perfecta boca se aproximó a una de mis nalgas y me dio un pequeño mordisco. Yo sonreí y le pedí que por favor empezase ya. Entonces noté su lengua, sobre la tela del bañador. De arriba abajo. Trazando toda la línea que unía mis labios con la rabadilla del culo. Comencé a ponerme cachonda. Mi braguita se mojaba tanto por su saliva como por mis fluidos. Una vez notó que estaba lo suficientemente húmeda, me bajó el bikini hasta los muslos. Y entonces todo tomó otro nivel. Su lengua larga y suave, comenzó a colarse dentro de mi coño. Metía la puntita y la arrastraba hasta el agujero del culo. Luego volvía hacia delante. Yo comencé a tocarme los pechos, pero la postura era incómoda. El cubano me tomó de las caderas y me tumbó bocarriba. Me levantó las dos piernas y me las puso en V. Mis talones apenas rozaban el techo de la tienda de campaña. Faltaba como un palmo. Entonces me quitó las braguitas y me dejó expuesto todo mi sexo. Mi clítoris latía, y mis pechos estaban duros como el cemento. Cunnilingus hizo honor a su nombre. Deslizó su pérfida lengua desde una de mis rodillas hacia la ingle; se lanzó hacia mi coño como si fuese un plato de comida que tenía que comerse sin manos. Notaba como su lengua acariciaba mi clítoris y como me rozaba con la nariz con maestría. Dios, nunca había sentido placer de esa manera. Yo mientras me tocaba los pezones y me mordía los dedos. Pero sabía que así no iba a llegar al orgasmo. Nunca llegaba con sexo oral. O eso creía yo. El cubano me metió las manos bajo el culo y con sus fornidos brazos, me levantó un palmo del suelo, provocando que mis talones empujaran el techo de la tienda de campaña. Ahora me comía el coño con más intensidad, desde el agujero hasta el clítoris y luego a la inversa. Le agarré del cabello y lo apreté fuerte contra mi sexo. Si seguía así iba a correrme. Pero estaba muy caliente y quería que me la metiese. Quería montarme sobre él y acabar el juego como a mí me gustaba. Entonces se detuvo y me bajó.

–Lo siento, pero yo solo puedo hacerte llegar al placer con la boca.

La decepción se apoderó de mí. Estaba cachondísima. Y pensé en Kamasutra. ¿Y si estaba en la tienda de al lado? Pero un gemido de otra chica, me reveló que ya se lo estaba beneficiando, pues hoy como ella gritaba su nombre. Entonces, decidí salir en busca de otro de los chicos, cualquiera de ellos podría satisfacerme. Sin darle siquiera las gracias, corrí como una perra que huye de una zapatilla y me metí en la tienda contigua. Allí no olía a perfume como en la del cubano, es más, por un instante pensé que estaba deshabitada. Pero no, me di cuenta que había alguien de la manera que menos imaginaba. Me agarraron del pelo y me dieron un guantazo en la cara. Suave, pero firme. Se trataba de Salvaje. Me agarró con fuerzas como si me quisiera obligar a hacerlo y sinceramente, eso me puso más cachonda todavía. Era muy brusco. Se colocó un preservativo con maestría. Me puso las piernas en L y empezó a metérmela en plan misionero. Menos mal que llevaba preliminares del otro. Su pecho era como ver una ciudad con rascacielos desde arriba. Tenía los abdominales y el pecho muy definidos y con volumen. No era guapo, era varonil. Y bruto muy bruto. Me la metía con dureza, notando la punta cerca de la matriz.

O al menos eso pensaba yo. Pensaba que iba a desmontarme con cada embestida. Tras un rato martilleándome el coño, me puso en cuatro y comenzó a darme azotes. Me llamó perra y guarra. Luego me sujetó de los hombros y comenzó a metérmela con fuerza. Entonces me corrí. Sentí esa descarga por todo mi cuerpo y esa sensación de plenitud. Me quedé tumbada boca abajo y el me preguntó si estaba bien.

–Me has tenido que romper un hueso, cabrón –le bromeé. Entonces, sentí que mi aventura había terminado. Las otras dos chicas ya habían tenido un segundo orgasmo y yo, sentí envidia. Antes de que me lo quitaran, decidió saber quién se escondía en la otra tienda. Dejé allí al bruto y entré en la siguiente. Allí olía a perfume también. Cuando entré me encontré una mesa bajita, una rosa y dos copas de champán. Era superdotado. Llevaba un bóxer negro y tenía varios tatuajes por su torso. En vez de una luz portátil, tenía una vela encendida. La verdad es que me sorprendió. Yo que todavía estaba recuperándome de mi éxtasis.

—No soy el primero, ¿verdad?

—No. Pero tenía intriga por saber quién estaba en esta cabaña.

—Pues ya sabes. Yo tengo el pene bastante grande. La mayoría de chicas salen corriendo cuando la ven y no es fácil encontrar pareja.

—¿Por eso acabaste aquí?

—Más o menos. Pero bueno, no voy a contarte mis penas.

—Pues a mí nunca me han metido una tan grande. Me gustaría experimentarlo.

—Vale.

El chico se puso en pie y se bajó el bóxer. Su polla era una anaconda. Gruesa y larga, pero no estaba dura. Me habló que le costaba ponerla firme, que era el precio a pagar por ser superdotado. Pero yo me resignaba a perder la ocasión. Entonces, decidí ponérsela grande. Bebí un sorbo del champan y se lo comencé a echar lentamente sobre la puntita. Su rosada cabeza se puso a brillar bajo la luz de la vela. Luego, me la metí en la boca y empecé a moverme de atrás hacia delante. Chupándola con esmero. El chico me tomó de la cabeza y me acompasó el ritmo. Cuando me di cuenta, noté la punta en la campanilla y cuando fui a retirarme, parecía que nunca se acababa. Cuando contemplé el tronco de su polla pegado a su pubis, sentí más miedo que entusiasmo. Debía de medirle unos 21 centímetros como poco. Pero mi amiga había pagado por esto y no podía defraudarla. Entonces, lo recosté. Metí su polla en mi copa de champan y luego me bebí el contenido. Me subí arriba y le agarré el pene. Lo conduje hasta la entrada de mi vulva. Y allí, me deslicé hasta dentro. No pude con toda. Me tuve que frenar al sentir la presión en mi interior. Me doy un lado con cada movimiento. Uff. No paraba de resoplar. Era una mezcla de placer y dolor que me ponía mucho. Entonces, decidí meterme el resto y bajé un poco más. Me detuve. Parecía que me había empalado. Sentía que me rellenaba al completo y comencé a moverme cada vez con más confianza. El me apretaba la espalda, notaba sus uñas clavándose en mí. Y entonces noté que llegaba al clímax. Estaba a punto de caramelo. Y al final, me corrí. Un orgasmo largo e intenso, que jamás olvidaría. Cuando acabé, me retiré. Ahora le tocaba a él y decidí que me eyaculase sobre las tetas. Le quité el condón. Uní los pechos y él comenzó a meterla entre los dos senos. Su glande me golpeaba el mentón y entonces, abrí la boca e incliné la cabeza: le di una mamada a la francesa. No tardó en gemir de gusto y yo en retirarme para que me lo echase todo sobre los pechos. Me encantó. Notar sus fluidos saliendo de una polla tan grande, me fascinó. Entre risas nos tumbamos y quedamos hablando de las sensaciones. Entonces le pregunté si el camping lo había a la inversa, es decir, si había chicas que esperaban a chicos en tiendas de campaña. Él me dijo que sí, que al otro lado del camping ocurría de esa forma. Cuando me di cuenta se hizo de día. Joder, había estado con tres tíos que eran dioses. Me gustó tanto la experiencia, que cuando me duché pensé que me iba a quedar con las ganas de probar a los otros tres, así que fui a buscarlos donde estaban desayunando y les comenté mi pena de no haber podido estar con todos. Me dijeron que nunca una chica se había liado con dos la misma noche. Y que yo había batido el record con tres.

Entonces, volví al bungaló, cogí mi bikini, que estaba de todo menos presentable y decidí pedir un taxi para que me recogiera y me llevase a casa con mi compañera de piso. Estaba deseando contarle a Verónica toda mi vivencia. Las otras dos chicas venían hablando de las maravillas del amarre y lo bien follada que había quedado. Ambas pensaron en buscar en internet un camping sexual de las mismas características. Pero yo me quedé con las ganas probar a ese chico de rasgos árabes. Era como una sensación agridulce a pesar de lo bien que me lo había pasado. Salí fuera junto a las chicas a esperar a los respectivos taxis. En ese instante, la recepcionista salió a mi encuentro y me entregó una tarjeta.

–Toma me la ha dado uno de los chicos. Espero que lo hayas pasado bien.

Con recelo, leí la tarjeta por el reverso, donde había unas palabras escritas a bolígrafo.

«Hola, soy Joseín alias Kamasutra. Desde que te vi al borde de la piscina, me quedé con ganas de conocerte más en profundidad. Si quieres, te invito a almorzar y charlamos... y que venga lo que quiera venir después, pero tengo un postre muy especial para ti».

Los dos taxis llegaron. Uno se fue de vuelta vacío. Me quedé a conocer a Kamasutra. Y lo que ocurrió... os lo dejo a vuestra imaginación. Pero conociéndome, ya sabéis como acabamos los dos.

Mi amor platónico

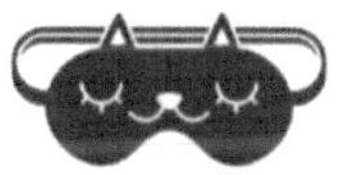

Siempre te gustaron los conciertos, y, sobre todo, los de él. Se trata de tu cantante favorito. Te conoces todas sus canciones, tarareas los estribillos de memoria y haces Tiktok con su música. Lo sigues en las redes sociales y cada vez que puedes, vas a sus conciertos. Pero esta vez estás en primera fila. Lo tienes tan cerca que solo tendrías que saltar la valla y darle un beso. Pero sabes que eso es imposible. Sabes que los seguratas te expulsarían del concierto. Entonces, te conformas. Es tu amor platónico. Piensas que es mejor que siga la magia de lo inalcanzable, porque si igual lo tocas, se perdería esa chispa que te mantiene embrujada en torno a su persona. Te encantan sus manos, sus ojos, su voz. Te gustan hasta sus andares y su manera loca de vestir. Has fantaseado tanto en casa con besarlo que incluso parece que te has liado con él, pero nada es verdad, por eso es tu amor platónico. Inaccesible, quimérico. Entonces lo miras con detenimiento. Nunca has estado tan cerca, y buscas detalles que se hayan podido escapar a tu visión en otras ocasiones. Casi hueles su perfume desde ahí. Y decides establecer contacto visual. Tras un rato, él te mira. No una vez sino varias. Mientras canta, se fija en ti como si te dedicase las letras de las canciones. Parece que hay conexión. Parece que hay complicidad en las miradas. No te lo puedes creer, pero es así. Tu piel se pone de gallina y tus vellos se erizan. Pero lo bueno dura poco. Lo bueno siempre es efímero. Y el concierto acaba. Todo el mundo se va del estadio, sobre todo el grupo y con él, tu cantante fetiche. Pero tú no quieres que termine. Otra vez esa sensación agridulce. Cuando no queda nadie, solo tú frente al escenario, se oye una voz. No te lo puedes creer. Es tú ídolo musical, tu amor platónico. Está sobre el escenario. Ha vuelto solo, sin la banda. Se aproxima hacía ti. No tiene la camiseta y en sus manos, sujeta una rosa. «¿Cómo es posible?», te preguntas.

–Hola. Sé que eres una de mis fans más fervientes. Te he visto en otras ocasiones. Hoy me toca a mí ser quién te admire.

Como si tu fueses la estrella invitada a su show, te hace subir a la tarima. Acudes. Tomas la rosa y la hueles con nerviosismo. Te ve tan emocionada que decide cantarte a capela al oído, una de sus canciones más emotivas. Te deja que le sujetes las manos. «Es real». Está ahí para ti sola. En exclusiva, como si fuese tu mayor deseo concedido. Su mirada es limpia, no le notas que tenga deseo sexual. Simplemente, parece embrujado de una manera pura. Simplemente, ha decidido bajar de su estatus de estrella y ser tan mortal como un fan. Tan humano como las personas que se besan y se miran con verdadero fervor. Te sonríe y cuando la atmosfera se vuelva mágica, te roba el más tierno de los besos. Te besa con intensidad mientras te mira a los ojos. Notas su lengua retozando con la tuya. Cada vez que la agita y roza, notas un escalofrío. Solo fueron cinco minutos, pero te resultó toda una eternidad. Luego te abraza y te da las gracias por este instante mundano: verdadero y sin artificios. Se siente agradecido por ese beso que le hace recordar, que tuvo un pasado sin fama, donde las cosas parecían más reales. Y conecta con su infancia, con su juventud. Conecta contigo y te da una entrada para un segundo encuentro, en el siguiente concierto de la gira, pero esta vez entre bambalinas. No sabes que ocurrirá, pero te sientes tan feliz por lo sucedido, que intuyes que lo que está por venir será apasionante. Cuando él se va, te quedas oliendo la rosa, y piensas que un beso puede ser todo un universo, y que repetirlo, quizás, haría que ese momento no fuese único. Y decides romper la entrada y no acceder a repetir a pesar de la invitación. Decides que ese beso puro y alejado del sexo, sea algo mágico que recordar por toda tu vida.

Pastel de fresas y nata

Cuando abro los ojos, me doy cuenta que estoy acostada sobre una larga mesa. No estoy desnuda, porque me viste un traje de nata y fresas frescas. Soy el menú del banquete. A mi alrededor, sentados en sus mesas, hay al menos diez hombres vestidos con trajes de chaqueta. Altos ejecutivos que me miran de manera lasciva. Todos con hambre, todos deseando desnudarme a base de mordiscos y lengüetazos. Me siento deseada, querida... Quiero sentir sus manos sobre mí. Sus dedos, sus lenguas, sus miembros duros. La orgía está a punto de dar comienzo. Me hacen sentir valorada.

Soy el centro de atención. El primero se lanza sobre mí recogiendo una fresa de mi escote. En consecuencia, todos ellos posan sus bocas sobre mi piel, retirando la nata con suavidad, mostrándome la destreza de sus lenguas en estas artes. Yo tengo la virtud de elegir con cual me quedo. Solo uno, de todos ellos, será quién se coma mi fruto prohibido. Solo uno de ellos se meterá entre mis muslos y se comerá mi húmedo coño. ¡Mmmm! Me pongo cachonda de solo pensarlo... ¡Uff! No tengo que pensármelo demasiado. ¡Ahh! Ya sé quién es mi favorito...

La mesa de cristal

Todo empezó con una caja de bombones. Me dejó una nota y sus pretensiones. Decía así: «De todas mis empleadas, eres la única con la que tengo sueños ardientes. Talvez se hagan realidad un día de estos. De momento, un sustitutivo del sexo: chocolate». Desde ese día, Bruno, mi jefe, lleva semanas tirándome la caña... lleva días provocándome. Ayer le dije por Whatsapp, que si quería quedar para tomar algo. Me lancé cansada de tanto tonteo que no conduce a ninguna parte. Pero nada. Se hace el duro. Me da largas. La verdad es que está buenísimo. Es italiano. Elegante. Varonil. Un arma de seducción. En el edificio hay muchas mujeres pujando por él, y aunque suene algo arrogante, yo quiero quitárselas a todas: soy muy competitiva. Tras haberme dado esquinazo, hoy hemos quedado para una reunión. El hecho de que yo sea su asesora creativa de la revista, le obliga a incluirme. Entonces he pensado ir a por todas. Sí, es arriesgado, pero a este lo cazo yo. La sala de reuniones, es blanca. Tiene una mesa de cristal enorme y muchas sillas giratorias tapizadas en sky rojo. También hay una pizarra con proyector. En cuanto a las ventanas, tiene dos que dan a la ciudad. Hay buenas vistas pues se trata de un rascacielos. La gente comienza a sentarse. Llegan inversores y patrocinadores. Todos traen una tablet bajo el brazo. Mi jefe entra y se pone frente a mí. Estamos al final de la mesa. Me guiña el ojo. Me mira de arriba abajo aprovechando la transparencia del cristal. Mi *outfit* consta de minifalda, chaqueta, camisa morada y tacones de aguja. Llevo una cola alta y un maquillaje con tonos morados. Los labios los llevo rojo intenso. Bruno lleva lo como siempre: su traje de Emidio Tucci. Corbata y camisa lisa ceñida. Comienza la reunión. Todos miran a la pantalla mientras se proyectan las nuevas propuestas. Hago un cruce de piernas bajo la mesa, acaparando la mirada de Bruno. Disimula. Hace como que mira su tablet, pero realmente está mirando donde yo quiero que se fije. Entonces despliego las piernas. Se fija en mis muslos con descaro. Los separo mientras miro a la pantalla como si no pasase nada. Supongo que se ha dado cuenta: no llevo braguitas. Le dedico una mirada recargada de intención. Sus ojos están a punto de salir de las órbitas. Se levanta. Se ajusta el pantalón y remarca su paquete. Se pone a hablar. No me quita ojo desde la pizarra. Sé que le ha gustado. Pienso en dar el segundo paso. Cuando vuelve a su asiento, arrugo la frente y le dedico una sonrisa pícara. Él, balancea su cabeza. Mientras otro de los empleados habla, y todos lo miran, aprovecho para descalzarme el tacón y tocarle la entrepierna con la punta de pie. Juego con su miembro. Vuelve a mirar por la transparencia del cristal. Supongo que quiere ver mi coño otra vez. Pero pongo una mano delante para que no lo vea. Quiero que se concentre en el masaje. Poco a poco noto como se le va poniendo dura. Como va rellenando el pantalón. Y esa sensación me agrada. Paso mi mano por encima de la mesa y le quito su tablet. Se resiste a dármela. La tengo en mi poder. Activo la cámara y cuando compruebo que todos escuchan y atienden al aburrido publicista, aprovecho y me hago una foto entre mis muslos con su dispositivo. Subo la tablet y la deslizo sobre la mesa. Ruborizado, la toma. Mira con pavor por si alguien lo ha visto. La adrenalina no lo acobarda, lo excita. No se la estoy acariciando, pero tenía que salir a dar su opinión y ha delegado el turno a un compañero. supongo que está tan empalmado que no puede levantarse sin llamar la atención. Mira el selfie de mi sexo. Eleva la vista sobre la tablet y me masculla: «traviesa». Sus ojos parecen encendidos y por primera vez sé, que de esta no pasa. Tanto es así, que da por concluida la reunión. Todos recogen. Yo me demoro. No me ha asegurado nada, pero estoy segura de que hoy cae. Cuando no queda nadie alrededor de la mesa, cierra la puerta con el pestillo. Se gira. Me dice desde la distancia.

—¡No sabía que fueses tan mala!

—No sé a qué te refieres.

—En una reunión. Llena de gente por todas partes. Sin braguitas. Con un dibujo en tu vello púbico. Es una oferta irrechazable.

—Soy del departamento de creatividad... ¿qué esperabas?

—Pues espero que no te eches atrás —se acerca quitándose la correa del pantalón—. Me has puesto muy caliente.

—Igual eres tú el que me sigue rehuyendo.

—¿Sabes? Desde el primer día en que entraste a formar parte del grupo, empecé a tener sueños eróticos contigo —me confiesa sujetando la correa entre las manos—. Ya es hora de que se materialicen. Además, según los estudiosos, dicen que nosotros creamos la realidad con los pensamientos.

—Puede ser... pero esta realidad la he creado yo con mi inventiva.

—Te has superado.

Forma una especie de arco con el cinturón y me rodea. Me acerca hasta él. Estamos a pocos centímetros de besarnos. Su rostro varonil, parece cincelado por el mismísimo Miguel Ángel. Saca su lengua y me da un lengüetazo que recorre mi barbilla y acaba en mi frente. Yo hago lo mismo. Nos reímos. Bruno suelta la correa y me toma en peso. Me sube a la mesa de cristal. Apenas se tambalea. Es robusta. Me empieza a besar. Mis manos aprietan su culo con fuerza. Separo las piernas. Lo conduzco hasta mi sexo. Amago con quitarle el botón del pantalón. Pero me lo niega. Se baja la cremallera y se saca el miembro por la bragueta. Está empoderado. Me recuesto un poco más hacia atrás. Le expongo mi coño. Se aproxima y me penetra sin más. Sin meter los deditos antes. Sin devorar mi clítoris. De sopetón. Quiere hacerme saber quién manda. Entonces empieza a metérmela mediante un brusco balanceo. Intento mirar. No solo me pone ver como se muerde el labio, sino que también quiero ver su polla entrar y salir. El sonido de los fluidos se hace notorio. Espero que no nos estén oyendo en el despacho contiguo. Aunque si nos están escuchando pues que se fastidien. Mis jadeos ahogados lo ponen a mil. Se detiene, dejándola toda dentro. Me sube la falda un poco más. Mi culo hace ventosa con el cristal. Estamos sudando mucho. La superficie se empaña. Me eleva las piernas y pone mis talones sobre sus hombros. Mete un dedo en mi boca. Dice palabras en italiano. Como si estuviese poseído... como si quisiera embrujarme con algún tipo de hechizo en latín. Se aferra a mis muslos y me da con mucha fuerza. Noto como entra muy dentro. Los dientes de la cremallera crean un roce extraño que me excita. «Me estoy follando al jefazo», me recreo en mis pensamientos. Si sigue así me voy a correr. Mis fluidos se disparan. Exploto de placer. Mi gemido se hace con la sala de reuniones y muy posiblemente, con toda aquella ala del edificio. Hasta ahora no se ha quitado la chaqueta. Se detiene para que me reponga.

—¿Lo vas a dejar aquí?

—Soy tu jefe. Y que puede haber mejor, que tener a mi trabajadora favorita satisfecha.

Entonces se baja los pantalones de un solo gesto. Luego los slips. Se quita la chaqueta y se desabotona la camisa. Me voltea y me pone de lado. Yo uno los muslos. Con la cabeza de su polla busca entrar en el coño. Lo tiene fácil. Estoy muy dilatada. En el cristal puedo ver mi cara de placer mientras recibo las embestidas. Lo escucho de nuevo jadeando en italiano. Su respiración agitada anuncia que está a punto de correrse. Entonces lo detengo. Me bajo de la mesa. Me pongo en cuatro con las rodillas clavadas en la silla giratoria y le masajeo los huevos mientras le pido lo siguiente.

–Échamelo todo en el culo. Me pone mucho que me penetren por detrás.

Bruno no se las piensa. Usa los fluidos de mi coño para bañar sus dedos. Lubrica mi culo. Luego mete despacio su polla. Una vez está dentro, le suelto los huevos. Me aferro al respaldar de la silla y le digo que no se detenga. Se emplea con suavidad, pero tomando un buen ritmo. Noto como entra y sale. Está todo muy apretado. No tarda en correrse dentro de mi culo. Gime y se vacía resoplando de placer. Se retira y se sienta en otra silla. Su rostro expresa sorpresa. Me explica su parecer.

–Tengo posición, físico, dinero... una vida sexual muy activa. Pero la entrega que has tenido hacia mí me ha dejado a cuadros. Estoy cansado de las mujeres floreros. Mujeres que están pensando más en los modos que en el disfrute. Me gusta que te hayas lanzado. Sin tabús, sin miedo a que pensaré, sin prohibiciones... Eres la chica más divertida que jamás he conocido. Y por eso me gustaría ofrecerte, que viajes conmigo a una convención que tengo en

Roma. Igual mejoramos esto en mi jet privado. ¿Aceptas?

—Me lo tengo que pensar —le digo seria. Ahora lo tengo en la palma de mi mano. Pero me muero de ganas por surcar el cielo y por follar entre las nubes y en alguna suite de la ciudad más antigua del mundo—. Pues claro tonto. Lo de hoy solo han sido los preliminares.

A Bruno, se le corta el aliento.

Yo, me rio a carcajadas.

La locura de Marc

Marc y yo, nos vemos dos veces al mes. Contactamos vía Whatsapp. El resto de días, se los pasa pensando en cómo sorprenderme. Y la verdad es que se lo curra. Siempre tiene una cita especial para mí. Pero esta vez el mensaje me ha descolocado. Ya conozco sus preferencias y he accedido a muchas de sus peticiones a pesar del riesgo que conllevaban. Marc, no deja de ser un niño de papá: consentido, extravagante, caprichoso y muy imaginativo. Se trata del hijo del empresario más rico de Barcelona. Nos conocimos en una fiesta privada, la química fue inmediata, tanto, que aquella misma noche acabamos haciendo el amor en el tejado del chalet. Ahí empezó esta relación, cuanto menos extraña. Pero que me haya pedido una cita con la condición de que yo esté mala con la regla, me deja sin palabras. Supongo que ha cumplido todas sus fantasías y ahora le toca buscar estímulos en aquello, que de inicio desechó. De todos los chicos con los que he estado, el tema menstruación siempre ha sido un tabú. Nadie quiere hacerlo y lo entiendo, es un engorro. Pero seguro que superará el listón. La semana pasada lo hicimos en un Porsche a toda velocidad por la autopista. Yo cabalgaba sobre él, mientras hacía todo lo posible por ver la carretera mientras yo le daba placer. Casi nos matamos... pero mereció la pena el chute de adrenalina.

Me pongo un traje corto de color negro y unos tacones rojos. Me ha dicho que lleve un bikini, por lo que supongo que habrá baño. Regla y agua, no entiendo que tendrá deparado. El Uber me espera en la puerta. Me perfumo, cojo el bolso y bajo. Le pregunto al conductor que hacia dónde me lleva, ya que Marc lo paga todo. El joven de origen hindú me responde: *L'Aquàrium.*

El vehículo se detiene frente a la puerta del Oceanario. Es bastante tarde y no hay público. En la puerta de entrada al edificio, está Marc. Me espera con una copa de champán. Camino sonriente hacia él. Cuando estoy cerca no percibo su característico perfume, y viene menos arreglado que de costumbre. Lleva un polo de mangas cortas color salmón y un pantalón corto en un tono añil.

—Buenas noches, Mara. El acuario entero es solo para nosotros —me besa y me hace entrega de la copa—. Estás guapísima.

—Tú también —le respondo mirando sus rizos rubios y su rostro lampiño—. Quizás me he arreglado demasiado.

—No importa, la ropa no la vamos a quitar. Y nos vamos a quedar en bañador.

Le di un trago a la copa y le seguí. En el edificio se oía un burbujeo constante, producto de las peceras y estanques gigantes que nos rodeaban. Marc me llevó por los túneles de cristal, donde al otro lado, se podían apreciar todas las especies con las que contaba el acuario. Las vistas eran preciosas, era como estar bajo el mar sin estarlo. Había todo tipo de pulpos, medusas, peces y plantas. Tras recorrer varios tubos, llegamos al final de la visita: dónde estaba el tanque de los escuálidos. Para mi sorpresa no había mesa elegante. Solo una silla con una cubitera donde estaba la botella de Moët. Al parecer no íbamos a cenar. Al menos aquí dentro.

—¿Qué locuras me has preparado? —intrigué.

—Una de las grandes —me dice usando un tono que me dio lugar a pensar que estaba emocionado pero temeroso—. Ya sabes lo que me gusta la adrenalina... el peligro... ¡Quítate la ropa!

En un principio, no entendí lo que quería, y decidí tomarte todo el champán que quedaba en mi copa de un sorbo. Luego me desvestí. Una vez estuve en bikini y él en bañador, me pidió que subiera una escalera. Desde arriba, se contemplaba toda la inmensidad del estanque. Parecía un pequeño trocito de mar visto desde la cubierta de un yate. Uno de los adornos de la pecera, era una roca con escalones que descendía hacia el fondo. Marc metió los tobillos y me asusté.

—Cuidado. Abajo hay un tiburón.

—No. Hay cuatro. Y por si no te has dado cuenta, de eso se trata. De hacerlo entre tiburones.

El rostro se me puso blanco. La idea era cuanto menos descabellada. Una locura total. Y entonces entendí el por qué quería que viniese con la regla.

—Pero... estoy sangrando. No quiero morir. Por aquí no paso, Marc.

—Me he encargado de que sobrealimenten a los tiburones. No nos harán nada. Vendrán atraídos por el olor, pero no nos harán nada.

Bajé la escalera hacia donde estaba el champán. Empiné el codo y me bebí media botella. Subí las escaleras y me quité el tampón. La idea era original, pero arriesgada. No sé si me convenció su argumento, pero yo también era una adicta a la adrenalina y decidí jugármela. Entonces, me metí en el estanque. El agua estaba tibia. Marc me miró y sonrió. Me agarró de la cintura y me besó. Yo no hacía más que mirar al fondo, donde se veían cuatro sombras alargadas y oscuras danzando junto al lecho. Entonces decidí no mirar más hacia abajo y centrarme en hacer el amor con Marc. Estábamos sumergidos hasta los hombros. Marc me desabrochó la parte de arriba del bikini y yo comencé a toquetear su entrepierna. Se le puso dura de inmediato. Sus manos se posaron en mis pechos, como dos estrellas de mar y allí se quedaron quietas. Entonces, noté como el agua bajo mis pies se movía. Una pequeña corriente y entendí, que uno de los tiburones había pasado cerca. Una sensación de miedo y morbo, se apoderó de mí. Entonces, él me agarro por las piernas y me subió a la altura de sus caderas. Retiró la braguita a un lateral y condujo su polla hacia mi coño. Entró a medias repetidas veces y luego hasta el fondo. Entonces, mientras me penetraba, sentía como los peces nos rozaban y, sobre todo, los tiburones. Aquello era un placer raro. Parecía que me iban a devorar de un momento a otro. Conseguí ignorar las corrientes que producían los escuálidos. Me centré en Marc y pensé en que seríamos de los pocos humanos que se les ocurriría hacer algo así. El éxtasis estaba cerca. El orgasmo burbujeaba en mi interior. En ese momento, pasó un tiburón tan cerca y amenazante, que pude notar el roce áspero de su piel, por mis nalgas y fue tanta la impresión, que sentí un gran placer durante el orgasmo. Largo e intenso, quizá producto del terror y el subidón de la adrenalina. Él estaba a punto de caramelo y la sacó para eyacular. Tan pronto como pudimos, subimos por las rocas. Empezamos a reírnos y a conversar sobre la locura que acabábamos de cometer.

—¿Tú estás seguro que los habían cebado? Se acercaron mucho.

—Me lo inventé. Si te decía la verdad, no te hubieras metido.

Entonces miré al estanque y respiré hondo. Resoplé y le di las gracias por haber hecho posible esta experiencia.

Truco o trato

Mi nombre es Tania Amaiur. Tengo 30 años y ya hace seis meses que lo dejé todo atrás. Me cansé e hice las maletas, pedí el despido en mi trabajo, mandé a la mierda a mi novio, a mi suegra y compré un billete de solo ida, a un remoto pueblo cerca de Stowe, en Vermont. Necesitaba huir de mi vida anterior. Una vida llena de agresiones emocionales y encontronazos; una vida repleta de fracasos y despropósitos en todos los ámbitos.

El destino que elegí, no fue premeditado. Miré en una web de viajes lowcost y busqué en Estados Unidos, pueblos alejados de la ciudad y poco habitados. No tuve que escoger entre demasiados, fue ver la foto del lugar y compré el billete de manera impulsiva. Lo único que necesitaba era que hubiera agua corriente e internet para mantener los ingresos de mi cuenta de *Onlyfans*, que, por cierto, estaba en total decadencia. Y era una pena, pues era lo que más me gustaba hacer. Ya estaba harta de ser una esclava del trabajo, haciendo de cajera en un centro comercial y limpiando escaleras.

Stowe, tiene unos 3.000 habitantes y está rodeado de lagos y un inmenso bosque a la falda de una montaña. Pero yo me mudé un poco más adentro, concretamente en Pigtree, una aldea de unos 300 habitantes y con acceso a pie, ya que no había carretera para llegar al lugar. Era el sitio perfecto para cambiar de aires y empezar de cero. Un sitio donde nadie te puede juzgar por quién eres o por lo que hiciste. Donde nadie sabe qué historia arrastras en tu mochila del pasado ni tampoco sabe cuáles son tus cicatrices.

Cuando llegué, mi primera impresión fue la de un pueblo ñoño, con casitas de madera y gente extraña. Invertí mis ahorros en el alquiler de una casucha por tres meses, con la idea de marcharme de allí, si fuera necesario. De entrada, el pueblo parecía sacado de un cuento. Y no solo por la estética casi medieval, sino por la apariencia de la gente de allí. Todo el ambiente era muy extraño. En todo aquel pueblucho no había ni un solo niño ni tampoco ancianos. La mayoría eran hombres, de entre unos treinta años a los cincuenta. Y todos, demasiados amables y por qué no, guapos. Tanto ellos como ellas. Pero ahí no quedaba todo, el cartero, el panadero, el carnicero, la chica de la tienda de ropa, todos me miraban con mirada fija y luego todos me preguntaban lo mismo: ¿Vienes sola? ¿Has venido para Halloween? Yo le respondía que no, que estaba de paso, pero que para la fecha solo quedaba una semana y posiblemente estuviera por aquí. La verdad es, que no quería contacto con la gente, intenté hacerme la tímida retraída que acaba siendo repelente, pero somos criaturas sociales y al final, por más que no quiera, acabe socializando. Nos presentamos y nos dimos los nombres. Allí había un rollito raro entre ellos, como si fuesen familia. Tras soltar mis pertenencias en la casa, di un paseo por el bosque. Pinos altos y vegetación por todas partes. Ideal para generar contenido en mi cuenta. Ideal para grabar mis videos calientes. Entre el silencio de la maleza, además de pájaros, se oía un golpe repetitivo y unos jadeos. Curiosa, avancé hasta el foco del sonido y allí me encontré a un leñador con una camiseta blanca de tirantas sudada y unos brazos fornidos con los que troceaba, gracias a un hacha, una cantidad ingente de tarugos de madera. El hombre parecía rudo, de unos cuarenta y largos años. Me llamó la atención su corpulencia y su elegancia a la hora de hacer una labor tan dura. En conclusión, me pareció atractivo... un hombre de verdad. Una especie de Hugh Jackman haciendo de Lobezno. En cuanto se dio cuenta de mi presencia, se detuvo, me miró y me guiñó un ojo. Yo salí despavorida, como un cervatillo que se encuentra frente a frente con un depredador. Antes de que cayera el sol, volví a la aldea.

La primera noche en Pigtree, fue especial. Todavía la recuerdo con nitidez. Estaba deshaciendo las maletas cuando un fuerte golpe resonó en la puerta. Yo me hice la sueca y no acudí a recibir a nadie. Los golpes volvieron y cabreada salí a ver quién era. Cuando abrí la hoja de madera, pude ver a una hilera de personas que venían con pasteles y bizcochos. Joder, quería pasar desapercibida y me encontré con el pueblo más hospitalario y acogedor de todo Estados Unidos. Los hombres venían muy bien vestidos, como si tuvieran una cita conmigo y, por si fuera poco, se presentaban y me entregaban una barra de maquillaje para de esas que se usan para pintarse la cara. Cada uno traía un color distinto. Y no solo vino el buenorro del panadero, el carnicero mulato, la exuberante pelirroja alcaldesa y la atractiva dependienta de la tienda de ropa; allí estaba el fortachón del leñador con una camisa de franela a medio abotonar. Cuando los cincuenta se presentaron y se marcharon, cerré la puerta y contemplé todo el salón lleno de repostería y estos lápices “pinta cara”. No encontraba lógica a lo de las ceras para la piel. Supuse que era una costumbre y no le di mucha más importancia. Pero pronto, entendería el porqué de aquel presente.

Llegó la noche de Halloween. Los carteles anunciaban que todos los establecimientos permanecerían cerrados por las fiestas. Las calles estaban adornadas con telas de arañas y alguna que otra calavera. A mí nunca me llamó la atención Halloween, pero tenía que grabar un video subido de tono y mis seguidores pidieron que vistiera de diabla, para mi cuenta de *Onlyfans*. No tardaron en llegar comentarios obscenos... También pasta. No me dio tiempo a quitarme el disfraz, cuando la puerta sonó a golpe de nudillos. Cogí una falda de cuero y me la puse. Me dejé los cuernos de plástico y el top de encaje. Supuse que eran niños... pero caí en la cuenta que en Pigtree no había ni uno. ¿Entonces quién era? ¿Quién podría venir a pedir caramelos a eso de las once de la noche? Cuando abrí la puerta, entendí todo de golpe. Había una chica desnuda, con el cuerpo pintado de azul y rojo, con pegatinas en 3d que imitaban a diminutos diamantitos. Me quedé a cuadros. «¡*Body paint*!» En mi cabeza recobró sentido el regalo de las barras de maquillaje cuando vi al señor Orson, un jubilado con panza y calvo, en las mismas que la alcaldesa. Él iba vestido... mejor dicho, pintado de esqueleto. El frío parecía no importarle a ninguno de ellos.

—¿Truco o trato? —me dijo la alcaldesa. Sonriente y disfrutando con mi cara de asombro. En su mano llevaba una botella de aguardiente—. La decisión es tuya.

Sin saber que responder, y sin entender si se estaba insinuando, la metí para dentro de la casa. No llevaba ni un disimulado tanga. Venía como su madre la había traído al mundo. Y la hija de puta estaba cañón, pero a mí no me molaban las tías.

—A ver... explícame de que va el Halloween aquí, que me estoy perdiendo algo.

La alcaldesa comenzó a reírse. Y se explicó.

—Ya veo que has caído aquí por puro azar, pero no te preocupes. Es normal que estés sorprendida. En Pigtree se celebra Halloween de una manera muy especial. tiene un matiz sexual por eso aquí no hay abuelos ni niños. Este lugar fue durante mucho tiempo un campamento hippy. Ya sabes, orgías desenfrenadas, porros y buen rollo. Con el tiempo, los hippies se fueron y vinimos gente liberal. La fiesta consiste en practicarte *body paint* y lucir tu cuerpo. Puedes ir llamando a las puertas o esperar a que te visiten. Truco: consiste en tomar una copa con la persona. Trato: en intimar. Hay gente que experimenta con varios en la misma noche. Hay gente que solo se emborracha y otros, no abren siquiera la puerta. Pero así es Halloween en Pigtree. Debería habértelo explicado cuando llegaste, pero es mejor vivirlo para saber que de qué va la cosa. Y hacer una buena elección al respecto.

—¡Pues qué tradición más curiosa! No tenía ni idea. No me asusta. Digamos que soy de mente... algo liberal, ¡qué casualidad haber acabado aquí! — la alcaldesa puso cara de póquer—. Entre tú y yo, te confesaré que me gano unos ahorrillos exponiendo mi cuerpo desnudo en una plataforma de internet.

—¡Interesante! Eres una caja de sorpresas. Y tengo que decirte, que según me cuentas, encajas en la comunidad. Ahora viene la pregunta sin filtros: ¿bebes o follas?

—No me van las tías. Mejor bebamos.

Ella me dio la botella y bebí del gollete. Estaba fuerte. Luego bebió ella. Me la dio de nuevo y me chorreó por el escote. Comenzó a reírse.

—Vas a tener que cambiarte.

—Más vale.

Entonces fui a cambiarme. No podía salir de mi asombro con la manera en que aquí se celebraba esto. Jamás había oído algo parecido. El sorbo de licor, no me anestesió lo suficiente como para aceptar esta costumbre sexual, aunque sí me ayudó a una cosa: me desinhibió. Entonces pensé en mi canal de *Onlyfans* y su decadencia, y pensé que podía hacer algo distinto. Puse a grabar un directo. Me desnudé al completo, tomé los colores y llamé a la alcaldesa para que me pintara. Ella acudió, me miró de arriba abajo, se mordió el labio y accedió. Me pintó entera de blanco, excepto pubis, pechos y culo y rostro, que me dio un toque rojizo con purpurina. Notaba como manoseaba. Se aprovechaba de la situación, pero no me desagradaba. Tras un cuarto de hora terminó. Me miré al espejo y estaba muy chula. Ella no se dio cuenta de la grabación.

—Eres un alma errante —me dijo—. Bueno, te dejo que vendrán más vecinos.

La alcaldesa se marchó. Y nada más salir por la puerta oí de nuevo la frase. Esta vez era un hombre. Cuando me asomé, Había un chico delgado y alto. Se había pintado con colores dorados y rojos. No le pregunté de que iba, pero estaba llamativo. No era muy fuerte, pero tenía un gran pene decorado con purpurina, que, a pesar de estar flácido, era enorme y curvado. Mi vista no se quitaba de ahí. Éste, traía ron miel.

–Truco –le respondí. Sinceramente, me daba miedo su miembro viril. Pero quería saborear el ron y no quería parecer una borde. Hablamos durante un ratito y reímos. Hablamos de España.

No le dio tiempo a salir, cuando ya había otro esperando. Este traía vino. Era un hombre corpulento, vestido de tronco. Tenía un pecho fornido y velludo. Sus brazos parecían jamones... su descripción y su *body paint* imitando un árbol, me hizo de inmediato saber que se trataba del leñador. Su miembro lo traía cubierto por una hoja de arce. Pero sus dos testículos asomaban por debajo. Se los había pintado de verde, como si fuese un fruto... Fruto prohibido. Su inglés era bastante rústico. Parecía que llevaba toda la vida en esta curiosa y remota aldea.

—¿Truco o trato? —me preguntó con una voz casi radiofónica.

Por un momento me quedé en shock. El leñador estaba bueno. El Lobezno de Pigtree, había venido hasta mi puerta. Enseguida caí en la cuenta, de que *Pig* significaba cerdo y que *Tree*, significaba árbol. ¡Qué casualidad!

—Pasa y me lo pienso —le dije deseando probar su fruto.

El leñador me pidió permiso para sentarse en el sofá. Pero lo llevé a la cama de mi habitación. No sabría cómo lavar el tejido del sofá, sin embargo, las sábanas eran más sencillas para dejarlas como nuevas.

—Te he traído vino. Como sé que eres española, he pensado que sería de tu agrado —me respondió separando las piernas. Mi visión fue abajo. Tenía los muslos musculados y los testículos muy abultados.

—¿De qué vas pintado? —le pregunté haciéndome la despistada, mientras iba a por dos copas.

—De árbol de la lujuria —me dijo muy serio.

—Interesante —añadí entre risas acercando la copa—. ¿Y qué frutos da este árbol?

El rudo y atractivo leñador, no paraba de mirarme los pechos. Se moría por morderme un pezón. Pero quería retrasar el momento. Entonces, sirvió las copas y retiró la hoja. Su pene era grueso y estaba a media asta.

–Bocado de pasión. Un fruto exótico y atrevido. Cuando alguien tiene la suerte de probarlo, se le llena la boca de deseo y pasión. Y normalmente, quiere repetir.

Miré su pene. Bebí de la copa. Sonreí. Me gustó su respuesta original. Entonces, pensé que quería verla en su esplendor. Grande y dura. Y le dije la palabra mágica.

–Mi respuesta es: trato.

Lobezno se tragó la copa de vino, deslió un preservativo que llevaba en mano contraria a la botella y se abalanzó hacía mí como un árbol talado. Yo solo atendí a poner las manos arriba. Cubrió su miembro con el preservativo y comenzó a besarme sobre la cama, encima de mí. Resultaba extraño el tacto áspero de la pintura entre los dos cuerpos desnudos. Entonces, le agarré la polla y la conduje a mi entrepierna. Era muy gruesa y estaba como la madera de un roble. El Lobezno de Pigtree comenzó a penetrarme con fiereza. Como si él fuese un hacha y yo una resistente rama. La pintura comenzó a derretirse por la fricción y la sábana parecía una ciénaga. Entonces lo puse debajo, me monté de espaldas a él y me moví de atrás hacia adelante. Supongo que el miraba mi culo, pues no paraba de agarrármelo con fuerzas. Yo contemplaba sus testículos mientras me tocaba el clítoris con energía: estaban pintados de verde como si fuesen un fruto maduro listo para ser comidos. Cuando fui a girarme, sobre el escritorio, pude ver el móvil con la pantalla suspendida, pero grabando en riguroso directo. Y entonces, supe que había subido de nivel. Entonces pensé en qué pensarían mis seguidores. Pero ya no podía cortar. Si Lobezno se enteraba, vete tú a saber que pasaría. Entonces me olvidé de la grabación, me giré y me coloqué a horcajadas. Comencé a moverme sobre él. Poco a poco nuestra pintura se desvaneció. Y quedamos tan desnudos como vinimos al mundo. El leñador me agarró del cuello, puso los ojos casi blancos y comenzó a gemir como un oso pardo en mitad de un bosque. Yo noté el impulso de su semen dentro de mí, y ese burbujeo, provocó que yo llegase al orgasmo.

—Me ha encantado el trato.

—Y a mí —le respondí y añadí con cierto recelo—. ¿Ahora seguirás llamando a otras puertas? ¿Te vas a follar a otra?

—No. Solo hago el amor en Halloween.

—¿Una vez al año?

—Exacto.

—Pues entonces hagamos que todos los días del calendario sean 31 de octubre.

—Trato hecho —me dijo mientras se retiraba el condón—. Pero mañana vengo sin pintar.

—Con que traigas vino y preservativos, me vale.

El hombre se fue. Y, yo me quedé tumbada bocarriba. Ese tipo rudo me encantaba. Y mañana iba a venir también. Cuando me puse en pie y de nuevo fui consciente. Acudí a al móvil y finalicé el video. Wow, había durado una eternidad. Pero había generado tantas reacciones y visualizaciones, que me habían dejado propinas cuantiosas. Tantas que tenía para vivir allí al menos dos meses más. Y me puse tan feliz, que supe que cambiar de aires había sido una buena elección.

Sin duda, Pigtree fue un antes y un después en mi vida. Y, los Halloween se sucedieron en el tiempo. Vinieron gente nueva. Apuestos jóvenes y maduros buenorros. Y yo, con el paso de los años, me convertí en la alcaldesa de la aldea.

A veces, dejarlo todo atrás y empezar de cero, depara grandes sorpresas.

Esas manos

El montador de cocinas me pone mucho. Lleva dos días en mi casa y no puedo evitar contemplarlo mientras atornilla la madera y coloca la encimera de cuarzo blanco con ayuda de sus bíceps. No es joven, cuarenta y cuatro, pero tiene un atractivo y una sonrisa que demuestra sabiduría. Picaresca. Saber hacer... Ayer me quedé con las ganas, pero hoy voy a por todas: me he puesto una camiseta larga hasta los muslos y braguitas. No llevo sujetador y mis pezones se marcan bajo la tela. Vivo sola y no tengo que darle explicaciones a nadie. Me considero una mujer libre que se deja llevar por los impulsos. Entonces aparezco en la cocina, veo sus rizos rubios y su nuca degradada. La distancia entre sus hombros es muy amplia y se nota que está trabajado en lo físico. Le pregunto si quiere una copita de vino. Me dice que por supuesto. Voy a la bodeguita del sótano y vuelvo a la cocina expectante de lo que pueda pasar. Manuel está girado hacia mí: lleva un pantalón de trabajo beis y una camiseta azul remangada por encima de los codos. Le acerco la copa y me sujeta la muñeca, da un trago tirando de mi mano arriba. Sus labios se empapan de vino. Me mira y me besa. De un sorbo nos bebemos la copa: había ganas y muchas. Me toca. Siento cómo su mano llena de cayos, se columpia por toda la longitud de mis piernas. Sus dedos aprietan mi carne y me pone la piel de gallina. Huele a hombre trabajado: a serrín y sudor. Me sube en la encimera de cuarzo recién instalada. Sus brazos están duros. Sus modos son bruscos. Me separa los muslos. Me sube la camiseta larga que llevo y me hace un nudo por encima del ombligo. Me quita las bragas. Él, se baja los pantalones hasta las rodillas junto a los slips. Su poderoso miembro viril roza la encimera como si fuese una herramienta de trabajo para taladrar el mármol. Me pide que me agarre a su espalda y me toma en peso. Comienza a darme suave mientras me sostiene, noto como su polla entra y sale. ¡Qué gusto por Dios! Luego me apoya de nuevo sobre la encimera y se emplea con fuerza. Me eleva las piernas y accede a mí con destreza. Clavo mis uñas en su espalda, me está llevando al orgasmo y no pone freno. Mmm... me muerdo el labio y gimo suave a la altura de su oído. «No pares», susurro a su oído mientras le muerdo la oreja. El obedece y acelera su cadera. El sonido peculiar de los fluidos advierte que voy a correrme. Miro hacia abajo. Quiero ver el tronco de su polla entrando y saliendo, quiero ver cómo me la mete con la luz que entra por la ventana. «¡Uff! Está muy mojada». Entonces sube sus manos repletas de callos por mi cintura y las esconde bajo la camiseta anudada. Se recrea en mis pezones acariciándolos en todas direcciones. La rugosidad de sus dedos crea un roce placentero que me excita demasiado. No puedo demorarlo más. Grito expulsando por la boca un gemido reconcentrado de placer... Clavo mis ojos en los suyos y le agarró la coronilla de rizos rubios con todas mis ganas, mientras mi cuerpo se sirve del más largo de los orgasmos...

Ha sido maravilloso. Ahora le toca a él. Cumpliré lo que me pida. Me ha encantado estrenar la cocina de esta manera. Me tiemblan las piernas. Me late el corazón. Pero este de aquí, se va a llevar la propina por su buen hacer.

El funcionario de prisiones

Estás en una celda. No recuerdas lo que has hecho, pero te custodia un joven de treinta años. Todo está oscuro. Hay una luz en el techo pobre, que atenúa el calabozo. El joven tiene barba incipiente, es pelirrojo y tiene dos brazos como dos jamones. Además del uniforme, está equipado con medidas de disuasión: pistola, esposas y porra. Le preguntas que demonios haces aquí. Él te dice, que estás arrestada por escándalo público. Pero te lo dice sin mirarte. Entonces, te suena su voz. Le preguntas si os conocéis y el chico dice que sí. Eleva el mentón y te mira a los ojos. No le terminas de poner cara. No sabes bien quién es, pero te suena. Se pone en pie y te saca de dudas. Debe medir metro ochenta y es un asiduo al gimnasio. Se presenta:

—Estudiamos junto en el instituto. El primer año.

Entonces sabes que se trata de ese chico con el que estuviste de novio durante todo el curso. Más bien fue un rollo. Un follaamigo... Entonces percibe que aquello es mucha casualidad.

—Pues que yo sepa, escándalo público es una multa y punto.

—Lo sé, pero te quería aquí. Tengo fantasías no cumplidas.

Entonces tragas saliva. Te ha arrestado injustamente. Y haces un ejercicio de memoria para evaluar que no has hecho con él. Y recuerdas que has hecho de todo, incluso un trío. Y le preguntas que es eso que os faltó en su día.

—Un anal —responde con contundencia poniéndose los guantes de tela.

Sonríes. Sabes que es cierto. Pero piensas que está fingiendo. Tú has engordado con el paso del tiempo y él, se ha puesto fitness. Es mucho para ti. Pero te lo está poniendo en bandeja.

—¿Y vas a forzarme? —le preguntas para ver sus intenciones.

—No. Te daré a elegir —te dice con misterio abriendo las esposas—. Puedo dejarte ir que nunca nos volvamos a ver, o puedes acceder y zanjar la fantasía de este hombre que nunca te olvidó desde el instituto.

La propuesta era bizarra cuanto menos. Pero el morbo estaba ahí. Y entonces decides que sí. Después de tantos años, toca sacarse la espinita.

—Espósame a los barrotes —le dices.

Tu exnovio de instituto, obedece. Saca la porra y comienza a jugar con ella paseándola por tu espalda. Te baja los pantalones vaqueros y las braguitas. Él se queda con el uniforme intuyendo que te pone. Luego pasea la porra entre tus piernas y te da un par de nalgadas con la porra. Lo tienes detrás. Te dice un par de palabras sucias. Te gusta. El morbo entra en escena. Te muerde el lóbulo y guarda la porra en su cinto. Abre la cremallera del pantalón. Saca su miembro erecto. Te encantaría tocarlo, pero solo puedes sentirlo. La cabeza de su polla juega con entrar y salir. Te toca el clítoris con los dedos para estimularte mientras empuja hacia dentro con el pene. Está a punto de entrar en tu culo. Te estás poniendo muy cachonda. Sabes que no te va a doler. No es tu primer anal. Lo haces por norma en tus relaciones. De pronto sientes como su tronco entra dentro de tu esfínter. Sus huevos campanean en tus muslos. Toda la presión en el ano, hace que te pongas tan húmeda; quieres algo para tu coño. Y se lo pides. El coge la porra de su cinto y lo mete en tu vagina. Piensas: «Doble penetración en una celda». Te agarras a los barrotes mientras él se deja el alma y te da con fuerzas. Está todo muy junto y no distingues por donde entra cada cosa. Estás a punto de llegar al orgasmo. Mientras gimes, él eyacula sin sacarla. Todo acaba y de quita las esposas. Te alegras por el reencuentro. Y deseas cometer otro delito, para que te detenga.

Otro reencuentro en la celda.

El capricho de mi novia

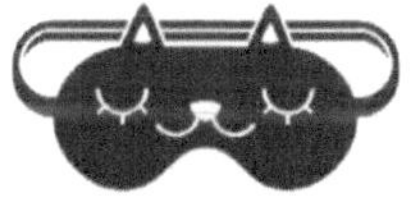

Nunca pensé que llegaría a decir esto, pero mi novia llevaba razón: la relación había caído en la monotonía y ya no daba más de sí. No son pocas las parejas que viven una explosión sexual al principio y luego, empieza caer a pique por la falta de estímulos. Entonces, empiezas con prácticas distintas. Experimentas con juguetes, con cuerdas, con palas, con sexo anal, incluso con lluvia dorada... pero llega un momento, en que todo se basa en satisfacer fantasías de tu pareja. En esta ocasión y como una nueva oportunidad por hacer crecer el marchito brote de nuestra pasión, Montse me ha pedido un trío con dos chicos bisexuales. En este caso me toca mirar. Me toca grabarlo con el móvil. Pues es lo que a ella le pone cachonda. El contacto con la pareja abierta fue a través de Tindle. Me ofrecí a los dos chicos y luego les conté lo que mi novia quería. Les hablé del plan. Ellos accedieron. Mario y Sergio, tienen 25 y 33 años. Supongo que también buscan cositas nuevas. La puerta suena. Son ellos. Ya están aquí. Montse se había puesto un tanga lila y sujetador a juego. Estaba exuberante. Su pelo rubio con mechas, lo tenía recogido en una cola alta. Sabía que tenía que chupar mucho y los mechones le molestarían para realizar las mamadas. El primero en entrar fue Sergio: moreno, con piercing por todas partes y dilatadores. Al parecer trabaja haciendo tatuajes. Es muy delgado y tiene un peinado moderno con tupé. Viste un pantalón blanco y camiseta negra. El otro, Mario, parece modelo. Ojos azules, hoyuelo en la barbilla y cara afilada. Sus brazos son muy fuertes y los pectorales sobresalen casi una cuarta de su torso. Está rapado y no tiene ningún tatuaje. Supongo que Sergio, el más mayor, es el pasivo. Parece tener más pluma. Pero todo son conjeturas mías. Les explico que los voy a grabar. Que a Montse le gusta ver sus hazañas de vez en cuando. Ellos no ponen pega, siempre y cuando no lo cuelgue en las redes. Tras la promesa y las presentaciones, puedo ver a Montse sonriente. No parea de mirarlos y seguramente, se está excitando pensando en todo lo que le van a hacer. Me mira y se muerde el labio. Sabe que estoy haciendo el sacrificio de mi vida. No por los dos chicos que se la van a follar, sino porque no sé si podré aguantar sin penetrarla. Sergio y

Mario se desnudan. Ambos están bien dotados, se lo va a pasar bien. Se suben a la cama y comienzan a besarse. Yo de momento no me he excitado. Montse los mira y comienza a masajearse los pechos acabando en los pezones. Yo grabo como si fuese un director de cine porno. Sergio y Mario se empiezan a tocar. Están desnudos. Mario toca la polla de Sergio y Sergio la de Mario. Las dos se ponen duras. Montse no puede reprimirse más y se suelta el sujetador. Sus pechos caen laxos con los pezones apuntando al frente. Sus ansias le llevan a meterse entre los dos. Se va para el más musculoso. Sergio le aprieta las tetas y le dice que están muy bien. Se los manosea con fiereza. Montse separa las piernas de Mario y saca la lengua. Comienza a darle pasadas en la punta. Sergio se une. Las lenguas chocan. Luchan por dar placer al musculoso chico. Mario baja la cabeza de su chico y lo lleva a los testículos. Montse se queda arriba y él abajo. Sergio pasea su lengua por los testículos y hacia el ano. Hunde su rostro sobre el colchón para llegar a su culo. Tras intentarlo un par de veces. Desiste. Se va hacia Montse y la alza. La pone en cuatro. Montse no se despega de la cabeza. Mario le baja el tanga y comienza a pasear la lengua por el culo de mi chica. Mete la lengua y la saca penetrando su ano. La lubrica. Ver su culo mojado hace que me empalme. Me bajo los pantalones y me deshago de ellos. No dejo de grabar. Mi boca saliva. Quiero, pero no puedo. Tengo que grabarlo todo al detalle. Sergio, se acaricia el miembro. Se pone un preservativo y se dispone a empotrar a Montse. Mario la coge de la cola y la sube para arriba. La monta en su pubis sin penetrarla. Sergio hace tocar su pene con el de Mario. Sergio coge otro condón y se lo coloca a su pareja. Lo hace con la boca. Ahora los dos tienen la polla protegida. Montse no para de lamerle el pecho. Los pezones y el cuello. Acaba en su boca. Sergio mete la puntita en el culo de mi chica. Solo la cabeza. Montse aprieta las nalgas. Mira hacia atrás y sonríe. Yo me pongo muy caliente. Mi polla está muy dura. Mario se da cuenta y no me quita ojo. Se ve que le pone que yo esté excitado. A continuación, el que está bocarriba, le separa las nalgas, para que Sergio pueda penetrarla cada vez un poco más. La saca y la mete hasta la mitad. Montse jadea. No esperaba empezar de primeras con una anal. El tipo fuerte le suelta las nalgas. Sergio deja de moverse. Le deja el nabo dentro. No se agita. Entonces, Mario palpa el coño de mi chica. Mete dos dedos y reconduce su miembro hacia los labios. Está todo muy apretado con la polla de Sergio metida en su culo. Pero consigue poco a poco, meter toda la longitud hasta que los huevos chocan con los del otro chico. Montse grita en esa mezcla de dolor placentero. Ahora los dos se baten con mi chica. Se mueven empujando hacia dentro. Uno y luego el otro, hasta que sus testículos colapsan una y otra vez. Montse clava sus uñas en los poderosos pechos de Mario. El gusto que está sintiendo le desencaja la mandíbula. Suda, se queja. Pero lo último que quiere es que paren. Nunca la había visto disfrutar tanto. El sonido a fluidos compite con los jadeos y gemidos de los tres. Yo empiezo a masturbarme mientras los grabo. Me acerco tanto que Mario me agarra el miembro. Me sujeta muy fuerte. Mi chica mira sorprendida. Sabe que no me gustan los tíos... bueno, que no me gustaban. Pero estoy tan caliente que me dejo llevar. Las sacudidas de Mario sobre mi polla provocan que escapen unas gotitas. Montse emite un pequeño gritito y se le corta la voz. Va a correrse. Yo también. Mario no desiste y me acerca a Montse. Quiere que eyacule sobre ella. Montse llega al orgasmo. Uno intenso y largo sintiendo las dos pollas dentro y la mía frente a su boca pidiendo entrar. Cuando termina. Los dos chicos también se corren. Y yo, me sumo a aquel éxtasis de tres. Todo ha quedado grabado. El regalo era para mi chica... pero, lo he disfrutado tanto como ella. Ha sido una experiencia maravillosa. Y en cuanto mi chica se reponga, pienso follármela otra vez... y les pediré a ellos dos, que nos graben. Y si quieren, que se sumen.

Un militar en el confinamiento

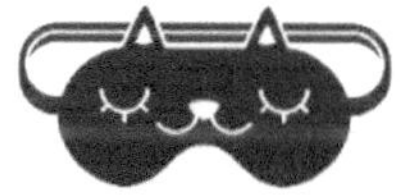

Cuando pensé que nada podría tambalear mi existencia, justo en el momento en que lo tenía todo: trabajo, novio y amistades nuevas; vino la pandemia, y con ello, la privacidad de la libertad. Se acabó el pisar la calle, el trasnochar, el tomar copas en un pub con mis amigas, el follar con mi pareja. Todo está lleno de militares armados que solo te dejan ir al médico o al supermercado del barrio. Yo pensé que esto iba a durar poco. Pero el tedio ha cambiado muchas cosas. El hecho de estar confinada ha provocado que no me vea con mis amigas, que pierda el curro y que no pueda sentir el cuerpo de mi novio encima de mí. Me he replanteado dejarlo. Me refiero a Juan, mi novio. Con la lejanía todo se ha enfriado. Y verlo en videoconferencia en pijama y despeinado, me ha hecho perder ese morbo que sentía cuando lo tenía cerca y lo estaba conociendo. Es todo muy frío y yo soy una mujer muy ardiente. Ya van dos meses encerradas. Viendo series, chateando con amigas y mirando por la ventana de mi piso como la vida pasa por delante de mis narices. Además, apenas tengo contacto con los vecinos. Vivo en un bajo que mira a la calle. Alguna vez he charlado con algún soldado, pero ellos no están para entretener a las confinadas. Pero hoy, hoy me he levantado con una idea en la cabeza. Picante y loca. Digamos que es una fantasía. He pensado en tirarme a Oscar. Oscar es uno de los militares que pululan por mi barrio.

No sé cómo estará físicamente, pues el uniforme tapa mucho. Pero me parece accesible y simpático. Entonces me ducho. Me perfumo y me pongo un trajecito corto que tengo. Me aproximo a la ventana y espero a que pase. No quiero parecer una desesperada. Por eso le he escrito una carta. Le hare entrega y que la lea. Le contaré que tengo una fantasía. No sé si querrá cumplirla. Tampoco le he dicho explícitamente cual es. Pero si implica que sea militar para satisfacerla. Igual tras leerla ya no viene más por aquí. No sé si él es soltero o casado. Pero es de carne y hueso como yo. Y tendrá necesidades. Solo pido tener un orgasmo de los de antes de la pandemia. Sentir un hombre dentro de mí. Solo eso. El militar camina por la calle. Se aproxima. ¡Qué nervios! Su ropa verde y marrón me encanta. Le queda bien. Tiene buena percha y unos ojos verdes muy poco vistos. Me ve. Se aproxima a los barrotes. Me saluda y le respondo. Le hago entrega del sobre. Me pregunta sobre la misiva. Se cree que es para que le haga entrega a alguien. Le sonrío de nuevo. Le explico que es para él. Que me da vergüenza decírselo a la cara. Y le pido que la lea cuando se aleje. El militar está tan intrigado que se aparta de mi ventana para leer el contenido. Lo observo desde la distancia. Abre la carta y lee detenidamente. Lanza una mirada atrás. Arruga el papel en su puño y lo guarda en el bolsillo lateral de su apretado pantalón de camuflaje. Continua con su ronda y se pierde por una esquina. Entiendo que pasa de mí. Antes de que me meta para adentro, sumida en la decepción en parte esperada, lo veo regresar. No gesticula. No sonríe. Entiendo que es mala idea y que se lo ha tomado a mal. Se acabaron mis charlas con él. Me siento estúpida por dejarme llevar por los impulsos. Cuando llega a la ventana se aferra a los barrotes. Nunca lo he visto tan serio. Sus ojos verdes parecen más oscuros, tanto que empiezo a pensar que en realidad son marrones y que solo tienen una tonalidad verdosa cuando le da el sol. Entonces habla con tono firme.

—Pat, abre la puerta. ¡Ahora! Quiero saber qué quieres hacer conmigo —masculla con la boca pegada a la madera.

No me lo puedo creer. Abro corriendo. Él mira de un lado a otro. Se cuela dentro. Viene perfumado. Eso me gusta. Cierro la puerta y bajo la persiana. Se quita el casco y deja el fusil sobre la mesa. Este chico es moreno de piel. Con un corte de pelo degradado que apenas deja un par de centímetros en la parte de arriba. Sin flequillo, todo cortado por igual. Espera a que le confiese lo que quiero que me haga.

—Pues soy una mujer muy activa. Bastante sexual y no llevo bien esta sequía. Creí que había cumplido todas mis fantasías. Pero fue verte y pensar en una nueva... Quiero que me folles sin ropa, solo con las botas militares puestas, y contra la pared.

El militar no sale de su asombro. Es un poco heavy lo que le estoy pidiendo. Sonríe y no pierde ni un solo segundo más. Se pone en pie. Se desabrocha el chaleco antibalas. Se desabotona la chaqueta y se desenfunda de la camisa de algodón. Tiene un tatuaje en su pecho: una especie de ave fénix. En los brazos tiene un tribal y un elefante. Luego se sienta. Una bota fuera y luego la otra. Yo lo observo mordiéndome el labio. Es como un estriptis privado. Yo no me quito el traje todavía. No quiero perder ni un solo fotograma de lo que está sucediendo. Se quita los pantalones y el slip. Su polla está a medio fuelle. Me gusta su tamaño. La tiene bonita y está depilado. Se calza las botas y ata sus cordones. Está completamente desnudo. Entonces me giro. Subo mi traje. No llevo bragas. Separo las piernas y me apoyo contra la pared. Me doy una palmada en las nalgas. Escucho los fluidos de su miembro mientras se toca. Se la pone dura. Supongo que nunca se ha visto en una de estas.

–Vamos a hacer la guerra y luego la paz –me susurra al oído.

Se pega a mí. Noto su pecho sobre mi espalda. Noto la cabeza de su polla buscando mi coño por detrás. No usa sus dedos. Atina separando mis nalgas. ¡Umm! Entra al completo y me quedo sin palabras. Solo tengo gemidos para él. No puedo dejar de mirar sus botas. Me empieza a empotrar con más fuerza contra la pared. Me sujeta de los pechos sobre el traje. El roce de la tela me pone a mil. Sus palabras sucias y beligerantes me excitan tanto, que sé que voy a correrme. No tardo demasiado en llegar al clímax. Gimo de placer. Él no baja el ritmo. Hasta que le pido que pare. Me retiro. Y me quito todo el traje. Lo miro de frente. Esta sudado. Su mirada lasciva pide más. Decido saciarlo con una mamada. Apoyo mis rodillas sobre la puntera de sus botas. Le advierto que me avise cuando vaya a correrse. Empiezo a columpiar mi boca sobre la longitud de su tronco. La cabeza me llega a la campanilla. Noto su punta en mi garganta. Le lanzo una mirada de vez en cuando. Clavo mis rodillas haciéndole saber que no podrá escapar hasta que no acabe.

—¡Ya! Quítate.

No le obedezco a la primera. Sigo ahí. Le obligo a retrasar su eyaculación. Cuando creo conveniente me retiro. Su misil balístico de semen recorre medio salón y cae casualmente sobre mi traje.

—Firmemos la paz. Gracias por cumplir mi fantasía militar. Ahora a vivir de nuestras glorias —le bromeo observando como su pecho se infla y se desinfla debido a la respiración agitada.

—No me des las gracias. La guerra entre tú y yo, no ha hecho más que empezar. Y pienso conquistar tus tierras más profundas con otra incursión.

—Vale. Ya mismo estoy escribiendo una segunda carta con mis condiciones de rendición.

Ambos sonreímos. Sabemos que vendrán muchos más encuentros.

El probador

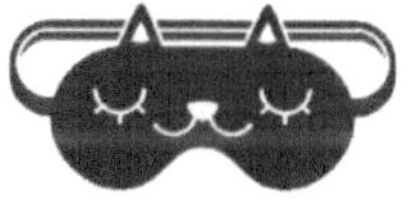

Por suerte, el periodo de rebajas ya ha pasado. Estuve a punto de dejar mi puesto en Zara. Me sentía explotada. Todo el santo día doblando ropa y etiquetando precios como una mona. Sin ganas de nada y llegando tarde a casa. Un asco. Mi relación pende de un hilo. Puedo llevar un mes sin hacerlo con mi marido. Y creo que va para largo. Pero lo que os voy a contar, es algo que me ha dado un aliciente nuevo. Ya no voy a dejar mi trabajo ni a mi marido. Y veréis porqué. Me repito un poco. Pasada la época de las rebajas, el caos en Zara iba tomando poco a poco la normalidad. Nada de colas eternas ni de ropa amontonada. Solo devoluciones o algún cliente que odia los barullos de estas fechas. Mi zona de trabajo son los probadores. Un lugar aburrido dónde pasan las horas eternas. Al menos, antes lo veía así... Ahora es el mejor puesto de toda la tienda. Yo tengo asignado el probador de hombres. Por aquí pasa el ganado que entra en Zara. Los guapos y los feos. Los gorditos y los musculados. A veces he fantaseado con poder instalar cámaras espías en los probadores. Pero me buscaría un lío. Lo que cambió mi día a día ocurrió a las tres de la tarde. La tienda estaba vacía y solo había una compañera en caja. La música de siempre sonaba de fondo como hilo musical. De pronto, una fragancia amaderada me golpea el olfato. Elevo la vista y veo a un chico joven, con un pantalón blanco y dos camisas de mangas largas sobre el brazo. Tendrá 18 años como mucho. Es muy guapo. No tiene barba y sus ojos parecen el agua de una piscina. Me sonríe y me pregunta.

–¿Qué camisa crees que le va mejor al pantalón blanco?

–Entre verde oliva y negra... No hay diferencia. Lo que cuenta es la percha –le digo mirándolo de arriba abajo.

El chico avanza hacia el probador. Le doy la ficha con el número tres. Miro su trasero. Lo tiene pequeño pero respingón. Yo tengo 30. Me casé demasiado pronto. Pero mi novio nunca estuvo tan bueno como este chaval. Entonces lanzo una mirada fugaz hacia el probador. Por los laterales veo partes de su cuerpo. No tiene vello alguno y empiezo a pensar que no debe tener ni 18. Me siento una pervertida. Es un menor.

Miro si hay alguien en la tienda. Nadie. Entonces no puedo evitar la tentación de volver a mirarlo. Me acerco un poco y lo veo abotonando la camisa. No tiene los pantalones puestos. En el espejo se le ve muy bien. No quiero ser una descarada. Me pongo a colocar prendas en percha. Pero el chico no sale. Han pasado cinco minutos y nada. Entonces me acerco de nuevo a la cortina y miro por la apertura. Para mi sorpresa me lo encuentro de frente. Sonriendo. Con sus ojos nítidos mirándome con travesura. Es como un niño gamberro esperando que lo regañe. Entonces recorro el claro que deja la cortina. La camisa les llega a los muslos. Se da cuenta que lo estoy mirando hacia las rodillas y se sube la camisa. No lleva calzoncillos. Veo su polla. Está a medio fuelle. Necesita un par de sacudidas para ponerse firme. Me parece bonita. Fina pero esbelta y con poco maltrato. Empiezo a tener certeza de que tiene menos de 18. El chico se baja la camisa. Y saca su miembro entre el hueco de dos botones. Asoma la cabeza brillante bajo la luz blanca del probador. Con la yema de sus dedos toca la punta. La invitación a entrar es clara. Lo veo una locura total. ¿Y si es menor? ¿Y si alguien me ve? ¡A la mierda! Es hora de pensar en mí y en disfrutar. Corro la cortina, entro y vuelvo a cerrar. Empiezo a masturbarlo mirando su reflejo en el espejo. El chico hace un amago por besarme. Le correspondo. Besa bien. Le desabotono los dos botones que están más bajos en la hilera de botones. Me toca las tetas. Usa sus dos manos. Su polla está tan dura como el acero. De su punta escapan dos gotitas anacaradas de semen. Finalmente eyacula sobre el cristal. En ese momento, mi compañera me nombra por el pinganillo. «Mari Carvallo, ¿dónde te has metido? ¡Acude a pedidos online!», salgo del probador deseando que no haya nadie fuera. No lo hay. Con una sonrisa de oreja a oreja, atiendo a la clienta que espera recibir su paquete. En mi cabeza resuena el *run run* de conocer la edad del chico. ¿He pajeado a un menor? ¡Joder! Tengo que limpiar el espejo. Cuando el chico sale del probador, ha elegido la camisa verde oliva. La negra ni se la ha probado. Antes de que pague y se marche le pregunto.

—¿Qué edad tienes?

—Dieciocho cumplo mañana. ¡Menudo regalo! Vendré más veces —me responde con total naturalidad.

Desde ese día, veo la vida de otra manera. Y no por esa experiencia aislada. Vinieron muchas más ocasiones. Casi todos, amigos vírgenes del primer chico, en busca de una paja hecha por mí. Y yo... tan contenta de satisfacerlos.

En un velero

La playa de Motril siempre está a tope de turistas. Yo soy argentina, y trabajo en un restaurante a pie de playa. La gente va y viene. Comen y pagan. No hay trato humano. Todo es demasiado frío. En ocasiones me siento transparente. De pronto, un cliente se acerca a la barra. Tiene un corte clásico y una camisa de lino remangada. Es delgado y tiene unos dientes muy blancos. Me nombra como si me conociera de antes: «¡Pato!» Sí. Me llamo Patricia, pero en mi país, el diminutivo es Pato. Arrugo la frente. No sé quién es. El hombre de unos treinta y pocos se acerca a mí. Insiste. Actúa como si me conociese de mucho.

—Disculpa, pero no caigo ahora quién sois vos.

—¡No te hagas la inocente, Pato!

Entonces pienso. Y lo ubico. «Pero ¿cómo ha venido?»

—¿Mario? Mario_88.

—El mismo. ¿Te he sorprendido?

—Pensé que tras ver todo de mí, te habías aburrido y habías ido en busca de otra presa a la que embaucar.

—No soy de esos que van picando de flor en flor. Soy muy selectivo y esta vez... te he elegido a ti.

No doy crédito. Se trata de un amigo de Instagram. Hemos hablado muchas veces, tuvimos una época de intercambio de fotos calientes y audios obscenos. Una vez me dijo que un día de estos tenía que follarme. Yo le dije que tenía que currárselo mucho. La chispa se apagó. Pero el muy cabrón ha venido sin avisar y a puesto toda la carne en el asador. Vive en Cádiz, a 330 kilómetros de distancia. No me da tiempo a hacerle la pregunta. Me da la respuesta.

—Te dije un día que vendría a verte. Que me había quedado colgado de ti. Y como me dijiste que no era fácil sorprenderte, me lo he currado y he venido en mi velero. Y he decido hacerte una visita sorpresa. Espero que te guste el mar.

—Soy una sirenita. Me encanta bañarme en la playa.

Le doy dos besos. Es un tipo que está todo el día colgando post, subidos a su moto de agua o navegando en su barco. Lo veo algo loco que haya venido hasta aquí. Pero nadie ha hecho algo parecido nunca.

—Ya decía yo que no eras humana... —bromea.

—Pues no sé si creerme que hayas venido solo por mí —me muestro desconfiada.

—Soy tradicional a la hora de decirle a las personas que aprecio, que me gustaría tener una relación más allá de la amistad. Me gusta ser directo, para bien o para mal. Las intenciones se demuestran con hechos.

—Eso está bien. Cara a cara. Pero ¿no es un poquito arriesgado hacer tantas millas náuticas? ¿Y si te llevas un no como respuesta? ¿Y si estuviera de descanso?

—El destino ha querido que no sea así. Por algo será, ¿no?

—Casualidad... Mucha casualidad.

—Llámalo como quieras, pero en ti está tomar la decisión. Yo he venido asumiendo el riesgo y me iré hacia el puerto deportivo con una sonrisa a pesar de que me digas que no. Con solo ver que eres real. De carne y hueso. Y tan espectacular, me doy por satisfecho.

—Me parece todo muy raro, Mario. ¿Vos no serás un tío de esos raros que secuestran chicas?

—El plan B es ese —bromea—. Pero estaría feo secuestrar a la fuerza a la persona que tanto te gusta. Por eso, he venido a decirte a la cara que me encantas. Me gusta todo de ti: tu pelo teñido de rojo, ese degradado moderno hasta las sienes, tu acento... Solo he venido a invitarte a subir a mi velero. No vengo con intenciones de hacer nada que no quieras. Solo es una invitación amigable. Un paseo por el mar. Lejos de lo mundano y el jaleo de los turistas.

–Me dejas sin palabras. Pero estoy en hora de trabajo y no vengo preparada para una cita exprés.

Mario es el típico pijito. Fibroso y atlético, en definitiva, de buen porte. Digamos que le sobra la pasta que a mí me falta. Lleva pulseras de cuero y tela, en sus muñecas. Se ha recorrido parte del Mediterráneo para invitarme. Menuda sorpresa. Y yo que me creía transparente.

–¿A qué hora acabas?

–Ya mismo. No pienso rechazar tu invitación. Espérame fuera para no dar el cante.

Me quito el mandil y le digo a mi compañera que estoy indispuesta. Salgo. Y entre risas lo acompaño hasta el pantalán. Desde el restaurante, hasta el velero, no hay más de cinco minutos a pie. Entre risas hablamos de cosas banales. Hay una mezcla de vergüenza y expectación de lo que está por llegar. Cuando cruzamos la pasarela de madera, veo la bonita embarcación esperándonos. Me parece la carroza y yo, un sucedáneo de la Cenicienta.

—¡Qué pasada! Me sorprende que vos sepa manejar este gigante por las aguas.

Él sonríe. Se trata de un velero de unos diez metros. Con un solo mástil. Es blanco y con madera barnizada por todas partes. Tiene un pequeño camarote. Me muero de ganas por subirme.

—Ahí están las escaleras. Espero que no te marees. Dentro tengo champan para hacer la travesía más llevadera.

Mario se sube con soltura. Las vistas desde la cubierta son una pasada. Quita los amarres y enciende el pequeño motor para salir del puerto. Luego iza las velas. Necesito hacerme un selfie. Mario gobierna el timón. El viento hace el resto.

—Entonces ¿qué? ¿Has venido hasta aquí solo para hablar?

Descorcha la botella mientras el sol brilla en el horizonte y la embarcación se adentra en el azul del mar Mediterráneo. La espuma recorre sus dedos cuarteados por el manejo de los amarres de su barco y la sal. Por un instante, me siento especial. He estado con hombres que tenían lujosos coches o motos grandes, pero ninguno con un velero... No.

Supongo que es algo excepcional. Pienso que no vendrá otro con una embarcación para subirme y pasearme por las aguas de la Costa Tropical. La brisa se hace agradable, el calor insoportable. Entre trago y trago contemplo cómo me lleva a mitad de la nada. Solo hay agua por todas partes. Por no haber, no hay ni olas. Mario, yo y nuestras copas de champán. Recoge las velas y echa el ancla. El velero se queda inmóvil. Apenas se mece. Entonces es cuando todo me parece extraordinario. Parece que estamos en otro planeta. En un lugar deshabitado creado solo para él y yo. Mario se sienta en la proa. Con los pies casi rozando el agua. Me invita a que vaya hasta él. Avanzo y me acoplo a su vera. Sonrío y le pregunto buscando sinceridad.

—¿Traes a todas tus conquistas aquí? ¿Digamos que es tu picadero?

—¿Quieres la verdad o lo que quieres oír?

—Lo que quiero oír —le respondo mostrando cobardía.

—Al principio cuando te conocí. Cuando chateamos. Pensé que eras una chica borde. Una mujer cansada de los hombres que tanto daño le habían hecho. Pero conforme te fui conociendo, me fui enganchado a ti. Tu acento. Tu carácter simpático y directo. Luego vinieron las fotos insinuantes, los audios calientes, los videos, las video llamadas... Pero un día nos cansamos los dos y desaparecimos. Lo virtual, llega un momento en que pierde su encanto. Y entonces, tras haberlo hecho y habernos vistos por videos y fotos haciéndonos de todo y en todas las situaciones, pensé que no podía quedarme con solo una fría experiencia de Instagram. Tenía que saber a qué olías. Quería sentir la temperatura de tus labios. La humedad de tu... ya sabes. Quería que fuese humano, aunque solo fuese una vez... y que mejor manera de sorprenderte que venir en velero.

—Te creo. Yo he sentido lo mismo. Solo que no iba a ir a buscarte. Lo nuestro lo di por perdido. Por una experiencia más —tiro la copa al mar en un acto impulsivo y acerco mi cuello a su nariz—. Pues huéleme.

—¡Hueles a croquetas! —bromea. Y sé que se ríe de mí porque soy muy exagerada echándome perfume—. Hueles a sirena de estos mares. Pero no ha sirena de baja alcurnia, sino a reina como poco.

Él sí que huele bien. Mi perfume es de imitación, pero el suyo penetra hasta las entrañas. Es caro. Como todo lo que me rodea en esos momentos.

—Ahora te toca a vos medir la temperatura de mis labios —me lanzo hacia él y espero que me bese. Se acerca y me devora. Me come la boca con pasión. Me excita su lengua danzando con la mía.

—Más templados de lo que me imaginaba. Nada que ver con lamer la pantalla del móvil —bromea de nuevo. Quizá su humor andaluz rompe un poco lo sensual de la situación. Pero se agradece tras un día de trabajo tan aburrido—. No sabía que las sirenas reinas, besarais tan bien.

—Ni tampoco los marineros.

Lo noto nervioso. No es para menos. De las tres cosas que me dijo que quería probar, me he ofrecido a dos. La tercera es algo más serio. Lo miro a los ojos y él, deja una sonrisa en su cara. Sus dientes son blancos como el nácar de las perlas. Y pienso que esto solo me puede pasar una vez. No hay nadie alrededor y a mí, me apetece pasarlo bien con esta locura. Me pongo en pie. Amago con alejarme.

—¡No te vayas! Quédate aquí. No te sientas violenta por lo de la humedad de tu...

—Coño —lo corto. Se queda sin palabras. Piensa que voy a irme a proa. Pero no. Me bajo los pantalones hasta los tobillos. Me los quito. Luego me aproximo hasta él en braguitas. Las echo hacia un lado y le muestro mi sexo—. No te quedes con las ganas. Ya que has hecho el viaje... prueba a que saben las sirenas.

No se lo espera. Se pone serio. Me rodea el culo con las manos. Aprieta las nalgas y me lleva hasta él. Succiona mi clítoris. Miro alrededor y como no hay nada, me concentro en el placer. En su lengua. En cada lamida. Me pongo tan cachonda que lo llevo delante. Lo tumbo sobre la cubierta, le rompo los botones de la camisa y, le bajo los pantalones. Me quito la camiseta. Me ha puesto salvaje el muy cabrón. Me dejo las braguitas y me meto la punta de su polla. Está muy dura. Es gruesa y cuesta que entre al principio. Una vez la siento dentro, cabalgo sobre él. Su rostro es una mezcla entre gusto y miedo. Supongo que no me esperaba tan brava. Me sujeta de los pechos. Me pellizca los pezones. Me detengo. Me pongo en pie y me apoyo en la barandilla que salva de las caídas por la borda. Quiero que Mario me empotre. Me da una nalgada y comienza a hacer realidad mis deseos. Jadeo y gimo fuerte. Nadie nos oye. Él me dice guarrerías. Me dice cosas muy cerdas. Desde que chateamos sabe que eso me pone. Mis pezones se apoyan en el metal.

Está caliente por el sol. Acelera su ritmo y comienzo a tocarme: soy muy clitoriana. No sé llegar al orgasmo de otra manera. Le pido que no pare. Que me dé con más fuerzas. Siento un calor que sube de mi coño hasta el vientre. Mis pezones arden. Mi garganta no puede sujetar más el desgarrador grito de placer. Me corro en un orgasmo que parece no tener fin. Él se detiene. Ahora toca satisfacerlo. Le propongo una corbata francesa. Accede. Me mete su rabo entre mis tetas y chupo la cabeza. A mi boca viene una mezcla a fluidos míos y semen. Está apunto de correrse. Le paseo la lengua fuerte bajo el escalón de su punta. No aguanta más. Le ofrezco mis pechos para que me eche toda su leche. ¡Wow! Acabamos los dos tumbados sobre la cubierta. Resoplando. Me propone que nos quedemos allí, en mitad de la nada, a esperar las estrellas de la noche de verano. Accedo. No hay mejor lugar ahora mismo, que en aquel velero.

Todo inolvidable.

Una historia que algún día le contaré a una buena amiga.

La librera

Todo escritor se debe a sus lectoras. Y más en mi caso: soy escritor de novela erótica. Igual me conocéis. Soy Eric Palaniu. La experiencia que os voy a contar pasó hace relativamente poco. Desde hacía tiempo, me venía chateando con una chica. Se llama Garbi. Es librera. Y si algo tengo que destacar de ella, es la química que tenemos. Llevábamos mucho intentando vernos, pero la distancia lo complica todo. Un día se me ocurrió una idea. Ella trabaja en una librería y yo soy autor de una novela publicada. Blanco y en botella. Entonces acordamos hacer una presentación de libros. Tomé un tren y luego un taxi. Tras dos horas de trayecto, la pude ver en persona. No me imaginaba que ganaría tanto de cerca. Me impresionó. Salió a recibirme y me dio dos besos. Aquello parecía un sueño. Algo fuera de lo común. Supongo que es la sensación de saber que esa persona con la que te llevas años hablando mediante internet, se materializa en carne y hueso frente a tus ojos. Las risas y el buen rollo no podían faltar. El local estaba ya lleno de lectores. Veintiuna personas esperando que le firmase el libro. No era mucha gente, pero la librería y mi fama, no daban para más. La biblioteca no solo tenía un mostrador y estantes cargados de libros, sino que tenía un sofá redondo en mitad de la sala, haciendo las veces de rincón de lectura. Allí me senté yo. Presenté mi primer libro de relatos eróticos: Sueños Húmedos. Luego conté, que quería asentarme en el género y crear muchas aventuras de este calibre. El público, en su mayoría mujeres que pasaban de los treinta y largos, sonreían mientras yo les pedía los ejemplares para firmarlos. Algunas de me hablaron de que eran muy light, otras estaban abrumadas por la imaginación, alguna decía que había escenas que casi le quemaba la lengua al leerlos. Tras un rato de risas y preguntas. Los asistentes se fueron marchando. Garbi y yo, nos quedamos a solas. Era tanto lo que teníamos en común que se nos pasó el día volando. Poco a poco, nos sentimos más cómodos. Y la conversación subió de tono. Había muchas ganas de besarnos. Y sucedió. Ella se acercó y me robó un beso. Yo le correspondí. La recosté sobre aquel sofá redondo y comencé a comerle el cuello. Ella me abrazaba con fuerza. Entonces decidí dar el paso y lancé mis manos hacia su pecho. No sabía qué me iba a encontrar. Quizá un no como respuesta. Pero fue, al contrario. Había mucha complicidad entre los dos. Poco a poco, la temperatura fue aumentando. Me quitó el jersey y la camisa que tenía debajo. Yo le desabroché la rebeca y la camiseta de mangas largas. En aquella biblioteca no existía en invierno. Primavera y verano. Con mis dedos comencé a tocar su piel desde el cuello hasta el ombligo. Quería que me diera coordinadas: quería que su brújula señalara el Sur. Lo hizo. Me llevó los dedos a su entrepierna. Me apretó la mano con su mano. Noté el relieve de su clítoris. Noté sus labios bajo las braguitas. Entonces me quité el pantalón. Lo tiré literalmente por los aires. Ambos estábamos en ropa interior. Me alejé de su rostro. La miré con cara de pícaro. Me mordí el labio. Y como escritor creativo con su musa delante, tuve una idea.

—¿Qué te parece si abrimos mi libro por una página y lo que suceda tenemos que hacerlo?

Al principio me puso mala cara. Pero, no porque le causara rechazo, sino por la sorpresa. Sonrió y accedió.

—Vale. Pero yo elijo las páginas que no me he leído ningún relato. Así no juegas con ventaja.

—Acepto.

Garbi cogió el ejemplar. Metió con sensualidad el dedo en mitad de las tripas del libro. Deslizó su yema por un párrafo y leyó un fragmento de "Pastel de fresas y nata"

—El primero se lanza sobre mí recogiendo una fresa de mi escote... —parafrasea.

Entonces le quito el sujetador. Sus pechos quedan expuestos. Paso mi boca por su escote. No me dirijo a los pezones. Así creo más deseo.

—Ahora te toca a ti. Te dejaré que elijas —me sugiere con mirada lasciva.

Meto con desesperación la mano entre las páginas. Espero acertar. Acierto. Ella me mira como si fuese una niña entusiasmada ante una actuación de unos títeres. Narró casi de memoria.

—Entonces aprieto los labios y se la hago prisionera. Procuro que los dientes no entren en juego, que solo participen en un placentero roce. Entonces balancea su cadera de atrás adelante. Como si mi boca fuese mi coño. Noto sus testículos azotando mi barbilla...

—¡Uff! —masculla.

Le ha encantado. Puedo ver el brillo en sus ojos y la humedad que se hace notoria en sus braguitas. Abre la boca y engulle mi polla con elegancia. Mientras lo hace me mira por encima de la montura de sus gafas. Me excito tanto que noto como todavía crece un poco más entre sus dientes y como la obligo a abrir un poco más las mandíbulas. Cuando considera que es suficiente, agarra el libro. Está deseando hacer realidad otra fantasía sacada de mi mente. El libro de Sueños húmedos, se convierte en nuestro mejor aliado. Aleatoriamente, elige otro fragmento. Y lo lee en voz alta mientras saliva esperando algo que sube el nivel de aquel encuentro.

—Corro la cortina, entro y vuelvo a cerrar. Empiezo a masturbarlo mirando su reflejo en el espejo.

Me lleva hasta una vitrina. Se crea un reflejo tímido. Me baja el bóxer. Comienza a hacerme una paja. Noto su mano apretando fuerte el tronco de mi polla. Estoy deseando empotrarla, pero el juego que estamos desarrollando, tiene reglas. Desde la distancia no paro de mirar el libro. Estoy en un punto en que la portada me excita de sobremanera. Hago memoria. Quiero atinar en una escena determinante. Le digo que frene, no quiero correrme todavía. Camino empalmado hacia el libro. Lo abro con determinación. Elijo la escena del relato de "El militar". Y aunque se narra en primera persona desde el punto de vista de una mujer. Lo cambio a mi antojo. No aguanto más.

—Te empiezo a empotrar con más fuerza contra la pared. Te sujeto por el pecho. Te digo palabras sucias y beligerantes... Garbi sonríe. Se gira. Le bajo las braguitas hasta los muslos. Coqueteo con sus nalgas. Le digo que se la voy a meter tan dura que no va a olvidar esta presentación de libros en la vida. Que voy a dejar huella en su corazón... pero también en su coño. Ella aprieta las paredes pélvicas. Contrae su sexo. Y noto la fricción en mi miembro. Ella gime. Dice mi nombre entre alaridos: ¡Eric, Eric, Eric! Llega al clímax. Se corre. Yo la saco a lo justo. Eyaculo fuera. Casualmente, mi semen cae sobre la portada del libro. La chica y los dos chicos de mi portada reciben la lluvia espesa y anacarada fruto del encuentro.

—¿Así me lo dedicas? ¿Con tus semillas? —bromea Garbi.

Yo pienso que esta chica es estupenda y que el viaje a merecido la pena.

–A caído ahí de casualidad –me explico.

–Una anécdota más. Este ejemplar lo guardaré por aquí. Tiene historia.

–Te ha gustado la experiencia de usar mi libro para jugar.

–Con esto te lo digo todo: quiero que escribas un segundo libro, y que repitamos. Así, que no tardes mucho. Estoy deseando que sea pronto. Hasta entonces... no habrá otro encuentro.

–Reto aceptado. Y prepárate. Pienso subir el octanaje. Pero para llevarlo a cabo, nos citaremos en una habitación de hotel.

–Por supuesto, don Eric.

FIN

Espero que hayas disfrutado.

Déjame reseña en Amazon y tu opinión.

Gracias.

NUNCA DEJES DE SOÑAR...

www.ingramcontent.com/pod-product-compliance
Lightning Source LLC
LaVergne TN
LVHW041033150826
845672LV00001B/304

* 9 7 9 8 3 7 0 7 1 7 3 1 4 *